AF603663

Les échardes du Choix

Abbe Jules FEGBO

Les échardes du Choix

Nellys Éditions

Du même auteur

39, place Stanislas 54000 NANCY – France
www.nellyseditions.fr
ISBN : 9782492162039

A Hélène FEGBO

Genèse de l'horreur

Wotodou n'échappa point aux effets collatéraux de la crise qui secouait hardiment ses habitants. On disait jadis que ses habitants avaient pour manteau la paix et pour essuie-visage la tolérance. Elle venait de voler en éclat devant la ténacité et la hargne des indomptables, ceux qui s'étaient sentis lésés dans la gestion des affaires de la communauté en s'emparant d'une partie de la mère nourricière. Hommes et femmes, jeunes et enfants, tous fuyaient cette zone, laissant ainsi derrière eux, habitations, biens matériels, trésors ancestraux et même cadavres des leurs sauvagement abattus. Les hommes de Dieu en sentinelle, n'avaient cessé d'attirer l'attention de chaque citoyen sur la qualité des attitudes à pourvoir pour une société paisible et prospère. Ils avaient, dans leur grand ensemble, fait des révélations sur l'avenir de Wotodou. Ce village, synonyme de paix et de joie, regorgeait dans son sous-sol de trésors inexprimables. De l'or et du pétrole, il y en avait ; du manganèse, du phosphate, du charbon : Il y en avait aussi. Et la terre, elle-même étant féconde et fructueuse ! Cette richesse potentielle tel le miel ou encore l'air, attirait la convoitise des voisins. Et cette situation, si elle fut incompréhensible par le sens commun, elle le fut en partie par l'ingérence des plus grands. Eux, ils savaient s'aimer après les bagarres rangées mais pour les autres, ils avaient des techniques dévastatrices.

En cette période-là, il n'y avait pas de temps de préparation au voyage ; on allait en voyage sans son consentement et sans bagages si ce n'était ce qui avec une intrépidité, s'accrochait au corps déjà moite, humecté par la peur et le désarroi grandissants. Partir loin, dans la discrétion, sans être repéré, tel était le schéma que chaque fugitif se dessinait intérieurement. L'on traversait la savane nus pieds et durant des jours entiers. C'était une véritable aventure comme on l'observe dans les films des aventuriers. Des scènes pathétiques y préfiguraient des bilans de vie entière. Pour comprendre ces réalités, une dose immense de patience devait être requise. En fait, la vie profonde et ses méandres se comprennent toujours grâce à la patience et à la maîtrise de soi et le proverbe n'a pas tort quand il maintient que seul le patient arrache le rognon de la fourmi. Ce que vivait chaque habitant de Wotodou du fait de la situation de crise était singulier et subjectif. Tandis que certains s'inquiétaient, d'autres, par contre, se réjouissaient.

Le crépuscule pointait déjà à l'horizon, sombre et sans vraie lueur. Le véhicule qui transportait les déplacés, était une fiat de couleur bleue. Ils l'avaient emprunté par hasard dans leurs différentes pérégrinations. S'ils n'avaient pas eu ce véhicule, il serait impossible pour eux de sortir de cet enfer. Ils avaient parcouru des distances qui, mises côte à côte, auraient fait avec enthousiasme la largeur du continent dodokpa.

Chaque distance constituait une épreuve à franchir. Il fallait être très prudent, candide même. Les indomptables, les fils perdus, avaient encerclé leur zone avec tact. Tous ceux qui ne se retrouvaient pas dans cette prise de position tentaient de fuir ce périmètre. Ils avaient essayé maintes fois de partir, loin de cet univers encrassé, belliqueux, mais toutes les tentatives s'étaient avérées vaines.

Une nuit, alors que tout semblait calme, ils prirent pour une troisième fois de suite leurs bagages pour une destination inconnue. Le noir obscur battait son plein ; seules les lucioles les éclairaient. Et ils marchèrent sur la pointe des pieds pour n'être pas vus : c'étaient des signes qui faisaient office de parole. Contre toute attente, des veilleurs inconnus les encerclèrent.

« À genoux ! » leur dirent-ils, « où allez-vous ? Voulez-vous fuir ? On mange l'homme ici ou quoi ? Soldats ! Arrosez-les ! »

« Non ! rétorqua un autre chef, ne les arrosez pas. Nous ne sommes pas des tueurs mais des justiciers et des défenseurs de la loi. »

Un autre répliqua,

- « Chef, avons-nous changé de stratégies et de mission ? Pourquoi les épargner ? »

« Laisse faire, tu comprendras plus tard, Koumo ! »

Devant eux, Kita fut exécuté avec une arme blanche car il s'était opposé au chef. Crainte et tremblement étreignirent tous leurs membres. Bon gré, mal gré, la tendance ! Nul ne pouvait la situer. Néanmoins, les croyants les avaient rassurés du bon déroulement de la traversée. Le chef Damby n'avait pas encore dit son dernier mot. Il ordonna que ses gardes ramènent les fugitifs au camp. Les conditions d'embarquement étaient d'une brutalité remarquable, assis l'un près de l'autre comme dans une boîte de sardine, le cœur battant, chacun pensait au genre de mort qui l'attendait.

- « Rien à faire, ils vont nous tuer, murmurait Gahi. »

- « Dieu nous protégera dit un autre. »

- « S'il vous plaît, gardez le silence, c'est mieux, rétorqua un autre fugitif. »

Usés par la fatigue de la route, personne n'avait visiblement plus d'énergie pour se mouvoir. La famine s'y étant[2] également ajoutée, ils étaient devenus faméliques, les os des cavités apparaissaient pour un décompte élémentaire. Toutes les physionomies, quant à elles, avaient l'aspect des momies ancestrales. Et le bout du tunnel n'était pas à deviner.

Sur le lieu de détention, la souffrance, voire la douleur était réelle ; les hommes ainsi que les femmes étaient entassés dans des citernes. Chaque jour, un départ d'un prisonnier de la cellule, signifiait un adieu définitif ; il partait pour toujours, sans consentement aucun, en silence. Toute vie appartenait aux guerriers et ils en faisaient comme bon leur semblait.

Le jour du grand meurtre en opposition au yom kippur juif, était aussi émouvant qu'un match de football. Ce jour-là, tous les prisonniers étaient convoyés au stade pour assister à cette ignominie. Les habitants qui avaient adhéré officiellement à l'idéologie et les lapsi s'invitaient à cette tribune. Ils avaient pris l'habitude d'assister à ces scènes qu'ils trouvaient merveilleuses et émotives. Sur la voie du stade, l'on pouvait les entendre dire :

- « Le sang va gicler encore ce matin. »

- « Pas seulement le sang mais aussi les pleurs. »

- « Et si vous saviez comment j'aime quand ces vauriens-là demandent pardon, rétorqua un sympathisant des vainqueurs. »

Il s'agissait en effet, de fusiller tous les voleurs saisis sur les lieux de vol et les ennemis des indomptables. Des présumés coupables à première vue d'œil ! En voyant la mort à portée de main, les fugitifs auraient souhaité faire partie du groupe des voleurs seulement à cause du sort immédiat qui leur était réservé et qui avait pour nom, la mort. Les déplacés préféraient la mort par rapport à la vie. Pendant que ces derniers pleuraient amèrement, d'autres habitants dansaient, se mariaient et se réjouissaient du beau temps. Qu'avaient-ils à perdre ou à gagner ? Ils étaient des condamnés en sursis et ils auraient bien voulu danser et jouer, boire et se réjouir aussi mais c'était impossible.

Questions Pertinentes

Dame Zokou, enceinte, parvint contre toute espérance fort heureusement avec son fils ATEDI dans une zone dite sécurisée. ATEDI avait sept ans et il avait vu son père être enlevé par des inconnus. Lui-même avait reçu une balle qui l'avait non seulement castré mais aussi l'avait rendu manchot. Sa mère savait que son cher époux ne reviendrait plus jamais. Cependant, l'enfant dans son innocence originelle comprenait à peine ce qui s'était passé. Un jour où le soleil battait son plein, il dit à sa mère :

- « Nan[1] ! Et papa ! Pourquoi ne revient-il pas ? »

- « Il ne viendra plus jamais, lui répondit sa mère avec une voix larmoyante. Moi, je suis là, à côté de toi et je t'aime beaucoup. »

- « Je sais, dit-il à sa mère, que tu m'aimes mais, pourquoi papa ne reviendra-t-il pas ? »

---

[1] « Mère » dans sa langue maternelle

Dame Zokou fut bouleversée par cette énième question de son fils. Par quel mot allait-elle commencer ? Fallait-il sangloter devant un babin si tant est que la douleur fût grande ? Elle murmurait en elle-même toutes les scènes d'amour, de tendresse que lui portait Zokou, son époux disparu. Tout cela était désormais de l'ordre du passé. Le présent pour sa part, demandait autre chose. Elle devait assumer la réalité existentielle et se forger ainsi une nouvelle mentalité, celle d'assurer l'éducation de ATEDI, son fils et peut-être de celui ou celle qui se trouvait encore dans son sein. Pourtant, près d'elle, ATEDI attendait toujours sa réponse. Il se disait que de la méditation prolongée de sa mère sortirait une réponse qui lui aurait permis d'espérer voir son père. La réponse tardait à venir mais il se résolut à attendre.

Chaque jour, les enfants s'amusaient tranquillement sans se soucier foncièrement des problèmes sociaux, politiques et familiaux. Cela regardait plutôt les personnes âgées. ATEDI, avec son handicap, était heureux comme les autres enfants dans la nouvelle localité, à plusieurs kilomètres de leur village. Cependant, Jolito, son copain lui demanda à une occasion ludique pourquoi son bras n'avait pas la même forme que le sien. ATEDI se savait accidenté et cela, il l'expliqua à Jolito qui ne parut pas convaincu par cette explication. Avec le temps, Jolito s'aperçut que son copain était la victime de la barbarie des hommes. Ainsi, il se résolut dans sa petite tête, à mijoter une révolution, synonyme de vengeance qu'il trouvait réglementaire. Il attendait prendre tous les moyens, une fois devenu mature pour mettre à exécution son plan. Il ne manqua pas d'en faire part à ATEDI son copain, l'expression même de la désobligeance humaine. Celui-ci vit en la proposition de Jolito une possibilité à lui de manifester son mécontentement devant ce qu'il appelait le comportement errant et maculé des hommes. Aussi, ne cacha-t-il pas son intention à sa mère, sa protectrice. Il lui dit :

-Nan ! Quand je serai grand, je vengerai papa, telle est ma volonté. Tu ne veux pas me le signifier mais je sais qu'ils l'ont tué, n'est-ce pas, Nan ? Mon ami Jolito et moi avons formé notre club et nous comptons en faire la promotion afin que toutes les victimes se joignent à nous pour cette noble cause. Nous allons mobiliser nos amis et lorsque le moment viendra, nous serons sans pitié.

Mais, Dame Zokou, étonnée de percevoir une si grande haine qui montait au cœur de son fils, essaya aussitôt de le dissuader.

- « N'aies pas des idées sombres, mon fils ! Ne cherche jamais à te venger de qui que ce soit. N'en parle plus jamais ! Tu sais, si le monde devait partir de vengeance en vengeance, qui resterait sur la terre ? Je t'ai toujours dit que dans la vie, ce qui compte et importe c'est l'amour malgré tout ce qui advient. Il ne faut jamais mettre un terme à la vie d'autrui. Il faut aimer l'homme, tout l'homme et tout homme. »

ATEDI se précipita de lui signifier son incapacité de comprendre ce qu'elle voulait dire effectivement. Alors, sa mère continua :
- « Ne fais jamais de différence entre les hommes, ne te dis pas en toi-même, tel n'est pas mon frère ou ma sœur ; tous les hommes sont frères comme toi et ton ami Jolito. Mon fils, n'affirme pas aussi que parce que telle personne n'a pas la même peau ou ne parle pas la même ethnie que toi qu'elle n'est pas ton frère ou ta sœur. Si tu prends la vie ainsi tu vivras longtemps et tu grandiras bien. Sinon, si tu veux te venger à tout prix, tu mourras vite parce que le bon Dieu n'aime pas les enfants qui se vengent. Il n'aime pas non plus ceux qui haïssent les autres hommes. »
Mais eux, reprit ATEDI, est-ce qu'ils nous aiment, han ?
-Qui ? lui demanda sa mère !
-Ceux qui font souffrir leurs semblables ; ceux qui ont pris papa.

Pour mieux comprendre

Les différentes communautés continuèrent à cohabiter tant bien que mal. Et un soir, un vieillard centenaire appela ATEDI pour lui raconter l'histoire des animaux d'une forêt sacrée aux temps immémoriaux. Au réveil, les coqs furent devancés dans l'accomplissement de leurs devoirs quotidiens, par des chants de soutien à l'idiologie du candidat des caméléons, Tom Rikiki. Ces voix clamaient :

- « Nous gagnerons à coup sûr ! Entendez cette voix et comprenez bien ! Nous gagnerons à coup sûr ! Nous ne serons pas battus car nous ne laisserons personne nous battre. Nous n'accepterons pas qu'on nous gagne. Nous gagnerons à coup sûr ! »

Seuls les partisans de Tom étaient charmés par ces mélodies du comité de soutien. Ceux-ci multipliaient les actions pour convaincre les autres citoyens de la pertinence du programme de gouvernement de leur candidat. En effet, le candidat Tom avait à cœur de nationaliser le comportement caméléon dans la cité. Sa conviction était sans équivoque, du moins, apparemment. Il avait le souci d'appliquer la justice commutative c'est-à-dire *de donner à chaque citoyen selon ses mérites.* Son slogan était : « Le bonheur pour tous à moins d'être caméléon… » Ainsi, un meeting fut prévu pour persuader la communauté des hérissons et bénéficier de leurs suffrages. Tom, le chouchou des caméléons, avait une voix mielleuse, des idées subtiles ; sa démarche rappelait l'attitude d'un être louche. Il se félicitait et donnait l'impression d'être « l'incontournable », le plus intelligent dans la cité. Aussi, aurait-on cru que Tom était albinos et jumeau tant il aimait à consommer de l'igname assaisonnée d'huile de palme et des œufs frais. Ses copains le taxaient de mécréant, de morveux. Mais, lui, leur rappelait qu'il avait un destin indéniable. Il leur disait souvent :

- « Petit caméléon morveux, je le suis, mais je serai grand un jour et je vous commanderai sur votre propre terre. Alors, vous deviendrez mes esclaves, mes boys. »

En fait, son oncle Difa, un guérisseur aguerri, passait de cité en cité pour accomplir sa mission thérapeutique. Il avait le remède de la conjonctivite. Cette maladie survint dans la région et tua plus de cent habitants. Aucune médecine jusque-là n'était parvenue à stopper ce mal à grande échelle. Tous les guérisseurs locaux avaient essayé mais rien n'y fit. Avec la présence de Difa, la vie commença à reprendre son cours normal. Le chef du village le supplia de se sédentariser à Nradou avec sa petite famille y compris Tom Rikiki, son neveu.

Le jour du meeting advint enfin et se tint à la place dit des "yeux perdus". Tom, devant une foule à la parure pathétique, prit la parole :

- « Chers militants ! Je vous salue avec déférence. Chers amis, vaillants travailleurs de la cité des hérissons, je vous sais dégourdis pour la bonne marche de votre cité. Je sais aussi que vous ne vous laissez jamais distraire par personne. La cause que nous défendons tous est une cause noble car il s'agit du devenir harmonieux de notre cité à tous. Vous, hérissons et nous caméléons, avons un lien commun. Votre parfum qui vous caractérise est hélas le motif de votre rejet de la cité. Mais, est-ce que vous pouvez vous défaire de ce parfum qui est inhérente à votre identité ? »

Tous les hérissons crièrent d'une voix unanime :

- « Non ! C'est impossible. »

- « Nous, caméléons, il nous est reproché de changer de couleur selon le lieu. Mais, est-ce que nous pouvons en réalité changer ce qui en nous, fait notre caractéristique ? »

Tous les caméléons s'écrièrent aussi en chœur :

-Non ! Et quiconque essaierait de le faire nous trouvera sur son chemin.

Dans la foule, Adjoué, un non partisan dit à son ami Goué :

- « Goué, Tom est-il d'ici ? Que vient-il faire dans nos affaires intimes ?»

Goué lui répondit : « Tais-toi, dêh ! » Tu es le seul à ignorer que Tom est le pion de la confrérie des poissons. Cette confrérie fait ce qu'elle veut sans être inquiétée ; c'est elle qui nomme nos chefs.

- « Et les élections qui sont organisées servent à quoi alors ? » lui répliqua Adjoué.

- « Tu parles d'élections, laisse ça ! Ce sont des formalités. »

- Humm ! Devant eux, nous serons toujours petits ; nos chefs ne prennent même pas conscience de ce danger. Sommes-nous nés pour souffrir ? S'étonna Adjoué.

Goué lui dit en termes de précision :

- « tu interpelles les chefs et nous-mêmes ! Quand un chef fait des efforts pour nous aider à sortir la tête de l'eau ; quand il nous fait prendre conscience que notre destin se trouve entre nos mains et que nous devons nous battre pour quitter sous l'hégémonie de la confrérie des poissons et de leurs alliés, nous nous mettons à combattre ce chef en nous alliant aux poissons. Tout simplement, parce qu'on veut avoir le pouvoir, l'argent et les privilèges. Quel dommage ! »

Pendant ce temps, Tom continuait son discours en ces termes :

- « Vous comprenez maintenant, chers hérissons, que nous jouons dans la même équipe et jusque-là, notre équipe n'avait pas de guide. Aujourd'hui, c'est chose faite. Je suis là, au milieu de vous, devant vous. Ensemble, nous allons bâtir une équipe forte et compétitive. Soyez donc prêts pour le combat. Nous ne nous laisserons pas faire. D'ailleurs, personne ne pourra nous battre ; de plus, nous n'accepterons jamais la défaite. Vive l'union sacrée caméléons et hérissons afin que vive notre cité, belle et splendide. »

Ce discours historique de Tom suscita d'une part l'éphorie des partisans et d'autre part, l'inquiétude des autres citoyens. Les critiques de la cité s'interrogèrent sur l'impact d'un tel discours sur la population et la vie de la cité déjà fragilisée par des différends antérieurs. Par petits groupes, des adeptes de chaque parti se rassemblaient le soir, pour affiner différentes stratégies de combat.

Chaque parti voulait accroître son potentiel de chance. Il fallait alors convaincre non seulement en paroles mais surtout en actes. On offrit de la nourriture par-ci, des gîtes par-là. Cette stratégie était pour les candidats de manifester à l'égard des citoyens leur bonne foi et leur générosité. Quelques familles d'éventuels électeurs et surtout les chefs des villages recevaient des pots de vin. Par ailleurs, des partisans multipliaient les actions d'envergure à ternir l'image de leurs adversaires par des propos pompeux et hostiles.

Tous voulaient le pouvoir au même moment, le même jour et à la même heure. La cité Nradou était devenue une cité mouvementée du fait de la course au pouvoir. Les citoyens, d'une diversité impressionnante, se faisaient une guerre froide. Il était impossible d'accepter les propositions d'autrui. « Nous et seulement nous », voilà ce qui paraissait au grand jour. Pourtant, la grande majorité ployait sous le poids de la misère. Et tous les candidats en étaient conscients. Justement, pour eux tous, la lutte avait pour finalité de rendre autonome le citoyen nradouen. Mais le comportement des leaders était l'opposé de ce qui sortait de leurs bouches. Les citoyens comprirent qu'il fallait plutôt se taire au lieu de parler au risque de s'attirer des ennuis assortis de représailles. La campagne faisait tellement rage qu'on se demandait s'il était encore possible de retrouver une stabilité à Nradou. Le candidat des invertébrés, Baby le courageux, lui, était pour sa part le moins violent et il considérait la politique comme un jeu, il prônait l'intérêt supérieur de la cité et invitait à une union sacrée autour de la mère cité. C'était selon lui, la meilleure manière d'aider la cité à se relever et à faire face aux défis du développement.

À vrai dire, les défis du développement, il y en avait dans la cité. Les plus forts piétinaient les moins forts malgré les mises pied ; la valeur intrinsèque était de moins en moins exaltée, la médiocrité s'était édifiée en maître-mot et en norme ; l'objectivité était mise sous le boisseau. Néanmoins, Baby, qui était le chef sortant, avait fait mains et pieds pour positionner Nradou sur le podium des mieux vus ; cependant, il s'était heurté à une hostilité farouche de la confrérie des poissons qui, déjà, venait de lui incruster une arête venimeuse. Personne ne voulut l'aider à s'en débarrasser ni même à reconnaître la présence d'une telle vermine. *On l'encouragea au contraire à y aller.* Pour les uns, c'était chose impossible, pour les autres ce handicap ne posait aucun problème. Tom, soutenu par la confrérie des poissons, insista sur le fait que même avec l'arête de poisson, Baby serait en mesure de se battre. Malheureusement n'ayant pas eu d'amis valables et courageux comme lui, c'est avec cette arête que Baby alla aux élections.

Les Nradouens étaient devenus la risée des voisins ; le respect avait disparu ; le jeune hérisson pouvait injurier sans vergogne le lion, oubliant en retour les représailles qui s'en suivraient ; les éléphants, eux qui étaient craints jadis, essuyaient maintenant les moqueries des autres. On cherchait sans jamais y parvenir la solution de la stabilité dans la cité. Tous pensaient que seules les élections allaient ramener la confiance. Mais, les dés étaient déjà pipés. Qui allait remporter les élections surtout que les candidats, Tom et Baby approchaient de l'âge limite. Dans cette visée, chacun d'eux entendait couronner sa vieillesse à travers ce fauteuil. L'on se trouvait dans une équation à plusieurs inconnues qui rappelait dans une certaine optique, l'incompréhension ou le dialogue de sourds. Tom, le candidat des caméléons, lui, bénéficiait non seulement de l'aide, mais aussi de la caution de la confrérie des poissons. Cette confrérie avait l'avantage, dit-on, d'avoir sous la main l'eau qui est source de vie. Sans leur soutien, personne n'était capable d'accéder au fauteuil de chef. Elle était alliée à plusieurs autres confréries puissantes qui en un clin d'œil, pouvaient bouleverser le cours de l'histoire d'un empire tout entier. En fait, ces confréries s'étaient hissées à un tel point du piédestal que toutes les chefferies étaient à leur solde. Leur soupir était un ordre subtil ; leur signe, une corvée à exécuter ; leurs actions à l'extérieur, un assujettissement. Pourtant elles s'évertuaient à promouvoir chez elles, le droit, la dignité des citoyens. La situation globale de tous les royaumes était touffue, sombre et ne présentait aucune lueur d'espoir en dépit du merveilleux qu'on annonçait officiellement. Malgré l'atmosphère tendue, les élections eurent lieu. Il fut même organisé au préalable, un débat entre Tom et Baby. Baby dit à Tom : « Je vais gagner les élections ; tu viendras me féliciter au soir des résultats ! » Et Tom lui répliqua : « c'est plutôt toi qui me téléphoneras pour me féliciter. Fais gaffe à toi, ne me vole pas ma victoire ! Je n'accepterai jamais la tienne. D'ailleurs, tu sais que je suis aussi le candidat de la confrérie des poissons dont le bras séculier est la confrérie universelle des citoyens. Je vais te gagner, reste tranquille ! »

- « Et s'il arrivait que c'est toi qui gagnes, que voudrais-tu que je fasse ? répondit Baby ! »

L'on voyait confusément que chacun avait prévu gagner les élections. Mais qui allait accepter ou refuser les résultats des urnes ? Quand les dépouillements commencèrent, l'heure fut à la turbulence dans chaque quartier général. Il était toutefois interdit à chaque camp de s'étaler dans la presse et de donner des résultats. Il y avait *''Bien faire''* une structure dite indépendante, habilitée à livrer les résultats provisoires au moment opportun en un lieu précis connu de tous et autour de tous les protagonistes. Cette structure était composée en majorité de partisans de Tom. Mais, en dernier ressort, c'était *''Bien terminer''* qui était chargée de donner les résultats définitifs. Le président de *''Bien terminer''* était de la famille de Baby. Ce qui intéressait les citoyens de Nradou paraissait essentiel ; ils avaient besoin de paix, d'unité et de fraternité. Les deux structures étaient conscientes de l'enjeu de leurs tâches. Un dérapage volontaire serait une porte ouverte à tous les scénarii de violence et de désordre. La structure ''Bien faire'' avait auparavant inspiré confiance : tous les collaborateurs du président s'attelaient à peaufiner le travail. Mais soudain, des incompréhensions liées à des voix de certains bureaux de vote opposèrent les partisans de Baby à ceux de Tom pourtant si près du but.

- « Laissez-moi proclamer les résultats ! » s'écria un membre de ladite structure.

- « Pourquoi veux-tu proclamer des résultats non consolidés, amigo ? Les règles ont-elles changé sans qu'on en soit informé ? Ne fais pas ça, cela pourrait entraîner de nouveau, la guerre. Nous ne voulons plus d'éternels récalcitrants, nous avons besoin de paix, lui répondit un autre membre de Bien faire.

- « Bon ! Vous allez voir ! » murmura l'autre.

Il s'en suit des disputes verbales et cela entraîna hélas, la forclusion de « Bien faire ». Dès lors, au moment où les regards se tournaient résolument vers bien terminer, le président de « Bien faire », contre toute attente, escorté par les membres de la confrérie des poissons, se rendit chez Tom pour donner les résultats. Évidemment, chez Tom, ça ne pouvait qu'être Tom le gagnant. Pis, ce résultat fut automatiquement relayé par le bras séculier de la confrérie des poissons. Depuis cette heure, fondamentalement la paix à Nradou vola en éclat. Une confusion mêlée de joie des partisans de Tom, envahit tout Nradou. Les esprits se surchauffaient. Les partisans de Tom huaient ceux de Baby. Ceux même qui n'avaient pas participé au scrutin jubilaient ; il y avait aussi ceux qui n'étaient pas de Nradou mais qui affectionnaient Tom et qui exultaient.

"Bien terminer" eut son temps d'examen des procès-verbaux du scrutin. Quand il eut terminé, son président annonça les résultats définitifs. Il déclara Baby vainqueur. Cette nouvelle fut accueillie par les partisans de Baby comme une bouffée d'oxygène. Une joie inouïe les habita pendant plusieurs jours. Aussitôt, cette contradiction voulue par la CUC et le président de "Bien faire" entraîna Nradou dans une impasse. Un bicéphalisme naquit dans la cité : une cité, deux présidents et deux gouvernements. Tout le monde se demandait avec quel système l'on allait sortir de ce tunnel puisque ni Baby ni Tom, n'était prêt à céder. Baby, avait déjà le bon fauteuil et l'essentiel de la cité. Ainsi, pour mettre fin à cette incongruité, Baby proposa le recomptage des voix. Il essuya, là encore, les injures du chef ATOUIN responsable de la **confrérie universelle des citoyens**. Il s'émoussa en des termes similaires :

- « Si on recompte les voix, ce sera une injure au peuple de Nradou qui a déjà élu son roi en la personne de Tom Rikiki. Il faut reconnaître sa victoire si vous voulez avoir la paix à Nradou. »

Ses propos déconcertèrent le sens commun tant ils n'avaient rien de conciliant ni de paisible. Ce chef avait à n'en point douter des raisons valables qui lui étaient propres. Mais la chose la plus inconcevable fut la partialité avec laquelle la **cuc** intervenait dans la situation. De tractations en tractations, les tensions montaient au lieu de baisser. Des ultimatums, des embargos tombaient sur le dos de Nradou. Le robinet des médicaments pour soigner caméléons et invertébrés, deux faces de la même pièce, était fermé volontairement. Il n'était pas non plus question de vendre dans les autres cités, les feuilles du bôflê, seule culture rentable de Nradou. Au cœur de cette asphyxie généralisée, Baby mit tout en œuvre pour ne pas y succomber.

Les Nradouens commencèrent à s'habituer à cette nouvelle vie. Soudain, la confrérie des poissons touchée dans son amour propre et dans le souci de faire assoir Tom coûte que coûte dans le fauteuil de chef, fit venir des baleines, des sosso sur la résidence de Baby qu'ils bombardèrent sept jours durant. Finalement, ils arrêtèrent Baby, sa femme, ses enfants, sa mère et plusieurs de ses collaborateurs après avoir tué certains d'entre eux. Il s'en suivit alors une humiliation inexprimable. Pendant ce temps, les pro-Tom avaient le sourire aux lèvres. Celui qu'ils appelaient le monstre, l'assassin, était à présent vulnérable à leurs yeux. Ils le traînaient par terre ainsi que son épouse ; des photos de souvenir soit avec son épouse, soit avec Baby lui-même attiraient l'attention des perplexes. Les médias annoncèrent que le coléreux, le xénophobe, le méchant n'était plus que l'ombre de lui-même. Il venait d'être extirpé de la cité.

Aussitôt, à l'annonce de l'arrestation de Baby, tous les embargos, les ultimatums prirent fin immédiatement. Dès lors, la réconciliation de Nradou pouvait être enclenchée sans problème. Or, Tom n'avait jamais accepté de réconciliation à nradou. Il avait refusé de reconnaître sa défaite ; à défaut, il opposa un non possumus au recomptage des voix. Son imposition à la tête de Nradou par la confrérie des poissons quoi que tumultueuse et indécise le poussa à prononcer un discours controversé ; il prit l'engagement de traduire en justice Baby et sa suite. Par ailleurs, il invita les Nradouens à se donner la main pour construire une cité forte, prospère et réconciliée. Cette disposition élémentaire du vivre ensemble, il l'avait tout le temps repoussé quand il n'avait pas encore le fauteuil.

Aussi ne manqua-t-il pas de remercier avec ferveur et enthousiasme, la confrérie des poissons : « Je suis reconnaissant à toute la confrérie des poissons ; je leur dois mon électorat. Néanmoins, Je leur demande de m'assister jusqu'au terme de ma royauté, je leur donnerai tout tant que je serai roi. Pendant ce temps, nul n'avait de nouvelles de Baby et sa suite. Ses partisans comme l'eau de la source, muette et silencieuse, blottis pour la plupart dans les creux des arbres, loin des regards indiscrets et des exactions, attendaient comme le père prodigue, leur champion. Ils avaient encore foi qu'il reviendrait pour continuer le combat.

Le roi Tom pouvait à présent se rappeler des paroles qu'il avait prononcées un jour de sa tendre enfance.

- « Petit morveux, je le suis mais un jour, je vous commanderai sur votre propre terre. »

Les pro-Baby devinrent la risée des voisins qui s'étaient mués en citoyens. Leurs femmes, en grande partie des commerçantes, n'avaient qu'injures à la bouche à l'égard des nradouennes :

- « Petit caméléon va vous commander ! »

- On va voir maintenant ici qui est qui, murmuraient d'autres !

En un clin d'œil, l'atmosphère de Nradou subit un coup fatal. Pourtant les citoyens Nradouens avaient toujours vécu en de bons termes avec leurs voisins. Maintenant, c'était à eux de prendre des coups incontrôlés. Même entre invertébrés et caméléons, la relation interpersonnelle s'étant distendue. Mais, était-ce normal de rester là, à se regarder, à se vilipender ou à enterrer la hache de guerre définitivement ? Pourquoi devra-t-on accepter toutefois, la main tendue de Tom alors qu'il avait refusé celle de Baby ? Tous les sages de Nradou entrèrent en conclave pour examiner la question en profondeur. Ils étaient conscients que sans la réconciliation sincère, rien ne pouvait marcher à Nradou. Tous, fils et filles s'impliquèrent profondément dans la résolution de la crise.

Tom gouverna le peuple pendant six ans et comprit qu'il lui était impossible d'aller plus loin. La situation, au grand étonnement de tous, fut davantage dégradée. Les citoyens devinrent de plus en plus pauvres, les ressources ne furent pas partagées équitablement mais, au contraire, de nouvelles tares venues s'ajouter aux anciennes envahirent Nradou. Cette cité perdit sa notoriété, elle devint poussiéreuse, vidée de ses biens. Alors, tous ceux qui avaient soutenu Tom, eurent la honte au visage. Ils se faisaient prendre en hostilité par les autres citoyens.

De plus en plus, des voix s'élevèrent contre la misère et tous comprirent que le sage avait bien raison : « on apprécie le bienfait que lorsqu'on l'a perdu. » Unanimement, les nradouens comme une seule entité, se rassemblèrent pour redemander Baby. Il n'y eut aucune résistance ; d'ailleurs, un homme de la trame de baby n'existait plus à Nradou et même à l'extérieur. Tous les natifs de Nradou se réunirent autour de Baby, le leader plébiscité, pour y amorcer enfin le développement réel. La réconciliation s'était faite d'elle-même, du moins par pure intervention divine. Ce fut tellement éclatant que Nradou devint la cité modèle, lieu des grandes décisions relatives à l'épanouissement de tous les êtres vivants.

ATEDI suivit une formation d'adulte. Toutefois, il se demandait ce qu'une histoire d'animaux pouvait bien faire dans l'histoire des hommes. Cependant, il fut fasciné par le comportement des personnages principaux de cet épisode. Il prit la résolution d'y réfléchir en profondeur car il avait une forte appréhension qu'elle pouvait l'aider à résoudre son équation.

- « Nan, dit-il à sa mère, les hommes ont- ils été toujours méchants ? »

- « Pourquoi, dis-tu cela, fils ? » lui répondit-elle.

- Le pépé, là-bas, me l'a dit la dernière fois !

-Si tu me promets d'aimer les hommes et de t'engager sur la voie de l'amour vrai, ils ne feront plus souffrir les autres, là, peut-être que ton papa reviendra, ajouta sa mère.

- « Et mon bras redeviendra-t-il comme celui de Jolito ? »

- « Atè, mon fils ! Tu sais, lui répondit sa mère, le plus important dans la vie d'un homme, ce n'est pas quand il possède tous les membres de son corps ; mais plutôt quand il a un cœur qui bat pour la vie ; ces personnes spéciales comptent aux yeux de Dieu et pour elles, seul l'amour survit. Toi, tu as un cœur et ton cœur sait aimer, ton cœur sait pardonner. Tu es fait pour aimer et donner l'amour à tous les hommes autour de toi. De cette façon, même sans membre ou des membres en moins, tu seras toujours le meilleur car toi, tu fais de l'amour et du pardon, le trésor inestimable, le bien suprême de toute chose. Tu es la gerbe d'espoir des générations futures. »

ATEDI répliqua instantanément : "je serai le prophète des temps nouveaux".

- « Mais, n'oublie pas mon fils ; ton père fut musulman et moi chrétienne. Nous nous aimions ; le prophète est l'homme de l'amour incarné. Il parle de la part de Dieu aux hommes et non de la part des hommes, aux hommes. Il dit ce que Dieu veut pour les hommes et non ce que les hommes veulent pour eux-mêmes. Il dénonce les tares de la société et annonce l'amour de Dieu au monde ; il encourage les hommes à pratiquer l'unité et à s'exercer fréquemment à l'amitié comme ton oncle Kocou et son ami Gbizié.

La force de l'amitié

Ah l'amitié telle que voulue par le Créateur ! Existe-elle encore ?

Kocou et Gbizié étaient des amis de longue date. Cela, tout le monde le constatait sans rechigner. Ils mangeaient toujours ensemble à la même heure mettant la main dans le même plat ; ils partageaient les choses essentielles de la vie ; l'un et l'autre étaient des complices positifs. Ils s'encourageaient mutuellement et ils savaient se comprendre. C'était là, l'archétype de l'amitié, de la fraternité et de la solidarité vraie. On aurait dit des jumeaux, de vrais ! Pourtant, à côté d'eux, le monde se déchirait à telle enseigne qu'il avait perdu la beauté originelle. Les autres hommes, se plaisaient dans le mensonge, l'indifférence, la rancœur, la vengeance mais, les deux amis avaient fondé leur vivre ensemble sur le roc de sorte qu'ils voyaient tout ce qui se passait comme des balayures. Personne parmi les habitants de Wotodou, n'avait le temps de bien faire son devoir tant la facilité s'était imprégnée de la réalité existentielle telle une vermine. L'heure était plutôt à l'esquive, aux manœuvres sournoises pour créer la catastrophe : ainsi, l'on s'activait foncièrement à démontrer qu'autrui avait tort même si ce qu'il faisait à l'instant était en osmose avec l'intérêt du bien commun. La lucidité et l'esprit critique s'étaient mués en bassesse morale, expression de la mauvaise foi de l'homme.

Nul n'avait le temps de lever les yeux et de tendre les oreilles pour percevoir cette splendide joie qui se dégageait du quotidien de Kocou et de Gbizié. Eux, ils avaient une option fondamentale qui consistait à rechercher le bonheur de l'autre essentiellement. Le pardon n'avait jamais quitté leur sphère. Ils savaient s'asseoir et parler ensemble sans faux-fuyants ; ils savaient aussi se regarder droit dans les yeux et apprécier les événements avec toute la grandeur dont l'homme, l'aimé est l'incarnation. L'hégémonie, l'orgueil, les coups fourrés, tous ces mauvais penchants, objets de division et de tiraillement entre les humains, étaient maîtrisés par leur sens aigu de la responsabilité personnelle et collective et par leur amour sincère. Ils avaient appris et retenu que seul l'amour pouvait tout. Ils pouvaient donc surpasser leur amour propre pour accepter une proposition pertinente de la part d'autrui. C'est cela qui les caractérisait fondamentalement.

Le cours de l'histoire ne pouvant être arrêté, les hommes de Wotodou menaient leur vie dans le train-train quotidien mêlé d'angoisse, de tristesse, de règlement de compte. Chaque jour qui s'éveillait faisait naître une nouvelle série de préoccupations qui nourrissaient les débats heure après heure. Ainsi, tous les habitants et même de vieilles femmes édentées, étaient devenus presque des chroniqueurs friands d'informations pour les divulguer ensuite sans aucune vérification. Ces attitudes mettaient en dérive toute idée de création continue. L'homme de Wotodou avait oublié qu'il était un co-créateur parce que créé lui-même à l'image du Transcendant, de l'Omnipotent et du Toujours vivant. Il avait oublié que vivre, c'est se réaliser, mieux, c'est exister et entretenir la vie. Cette existence n'a besoin ni de paresseux ni de méchant congénital : l'existence de l'homme est existence pour le prochain, pour son bien et pour son épanouissement. Vivre alors et vivre réellement, c'est mettre tout en œuvre pour que la société connaisse un rayonnement certain ; c'est dans cette mesure seulement que l'homme pourrait être fier d'être la créature de Dieu.

Kocou et Gbizié avec leur petite famille, s'activaient journellement à faire honneur à leur Créateur par une vie simple jalonnée de vertus. Malheureusement, leurs bonnes actions n'avaient pas encore produit les effets escomptés. Elles étaient presque englouties, dans la masse. Pourtant, de l'intérieur, la flamme de l'amour vrai brûlait petitement mais l'ennemi ne baissait pas aussi les bras. Le monde est ainsi fait ; toute bonne action est toujours épiée par une mauvaise action. Pourquoi devrait-on avoir une attitude contraire à celle de la masse ? Ce mouvement insinue bien les relations interpersonnelles qui intrinsèquement, veulent tout uniformiser. Les deux amis étaient bien conscients de ce combat qui était le leur et ils entendaient faire mains et pieds pour demeurer dans l'univers où la vie se veut restauration, joie dans une dynamique du pardon mutuel et de la solidarité fraternelle. Ils avaient également conscience que le monde auquel ils appartenaient était contingent.

A la saison pluvieuse, Gbizié, grand chasseur de son état comme d'ailleurs le défunt père de Kocou, prit le fusil de Kocou pour une partie de chasse nocturne. Il avait parcouru forêts et clairières sans même apercevoir l'œil d'un papillon dormant, durant toute la nuit. Accablé par la fatigue, il se donna un moment de détente en s'allongeant au pied d'un samba. Il y passa environ une heure de temps et les forces lui revinrent.

Dès son réveil, et comme si la providence l'y avait guidé, il vit un agouti charnu qui mangeait tranquillement un morceau de manioc. Avec tout le talent qu'on lui reconnaissait, il ajusta son tir et appuya aussitôt sur la gâchette. Le résultat fut formidable : l'animal n'avait pas pu esquisser un pas. À ses yeux, il s'étirait médiocrement. Pour le prendre, il déposa le fusil à quelques mètres. Mais, à son retour, à sa grande surprise, le fusil disparut. Qui donc l'avait emporté ?

Gbizié ne pouvait croire à ce scénario tant il paraissait pharamineux, ahurissant. Un génie l'avait-il déplacé et confisqué ? C'était possible ! Et Gbizié croyait fort qu'un ennemi était en train de préparer un coup mortel qui allait brouiller les relations solides qui le liaient à Kocou. En effet, ce fusil rappelait toujours à Kocou la mort de son vaillant père qui avait trouvé la mort au cours d'une partie de chasse. Il lui était apparu en rêve et lui aurait dit que cette arme devait faire l'objet d'une attention particulière et devait être jalousement gardée. Gbizié connaissait bien cette histoire et c'est justement ce qui le chagrinait beaucoup. Comment pourrait-on annoncer à Kocou que son trésor ancestral venait de disparaître ? Une grande anxiété envahissait Gbizié ; ses pieds qui le conduisaient vers le village le supportaient à peine. De plus, sur ses épaules, pendait cet herbivore, qui avait longtemps menacé le manioc et détruit les pieds de jeunes cacaoyers. Il était prêt à devenir sauce. Mais cette fois-ci, la sauce allait avoir un goût amer malgré l'assaisonnement qu'on y mettrait. Comme tout chemin conduit à une destination si l'on y met un peu d'effort, il parvint au village et fut accueilli dans la joie par les femmes et les enfants. Mais lui, sachant ce qui lui était arrivé, garda une mine défaite.

Son ami Kocou était sous l'arbre à palabres avec des anciens de Vriako. Lorsqu'il revint chez lui, il paraissait aussi bizarre, certainement éméché et cela était singulier. Ce jour-là, la nouvelle à son ami Gbizié commença par ces mots : « la chasse s'est-elle bien déroulée et le fusil, où est-il ? Toute chose qui, comme un glaive pénétra le cœur de Gbizié. Tout confus, il ouvrit la bouche et raconta à son ami sa mésaventure. Celui-ci en l'entendant s'écria d'une voix forte :

Tu m'as tué Kocou ! Non ! Cherche et retrouve le fusil, mon fusil.

Gbizié s'était dépensé pour retrouver cette arme, mais toutes les démarches furent vaines ; il s'était même appuyé sur des garants de la sagesse ancestrale pour implorer le pardon de son ami lui promettant de remplacer le fusil. Kocou n'eut pas d'oreilles pour entendre ce cri de désolation. Le fusil, le fusil de son père, voilà ce qui comptait à ses yeux, il ne lorgnait pas d'autre fusil, si sophistiqué soit-il, que le sien.

Trois mois s'étaient déjà écoulés et le fusil n'avait pas encore été retrouvé. Toute chose qui mit un ralentissement fébrile dans les relations entre les deux amis. Gbizié était persuadé que leur amitié devait continuer. Ainsi, il prit une période conséquente pour se retirer dans la forêt et y voir de plus près ce que cela allait donner. Il cherchait jour et nuit en permanence dans les creux des arbres mais aussi dans les touffes d'herbes. Il invoquait les esprits des ancêtres et leur demandait s'il était possible de retrouver ce fusil. Il n'avait même pas le moindre temps pour manger ; d'ailleurs, il n'en voulait pas. Le problème qui s'était posé à lui exigeait une attitude de continence, d'ascèse, expression d'élévation et de concentration intérieure et extérieure. Au bout d'une semaine de recherche acharnée, il perçut le bout du fusil dans un trou où logeait un serpent boa. Sa mue fraîchement faite, le confirmait. Il mit en place une première stratégie de récupération qui se solda par un échec. Une seconde, puis une troisième qui enfin, lui permit d'entrer en possession du fameux fusil. Le ouf de soulagement de Gbizié chassa les oiseaux migrateurs loin de leurs grains préférés. On eut dit le son de la trompette dont fait écho le livre de l'Apocalypse de Jean. Il put passer encore un bon moment avec l'instrument qui était devenu la cause probante de son incompréhension momentanée avec Kocou. Pourtant, le lien indéfectible de leur amitié devait jalonner l'histoire et en imprégner une marque indélébile.

Son retour au village fut salué de façon différente. Pendant que ses proches manifestaient une réelle joie de voir leur familier revenir de la brousse avec le fusil de son ami, d'autres au contraire, hochaient la tête et se grattaient les cheveux. L'arme fut remise en bonne et due forme à son propriétaire. Ce dernier, en récupérant son fusil pour lequel il avait mis leur relation dans la gueule de loups voraces avait quelque peu de remords. Mais, Gbizié toujours égal à lui-même, trouva là une occasion merveilleuse pour faire comprendre à son ami Kocou que rien ne pourrait les séparer surtout lorsqu'il s'agirait de mettre l'amour en avant. De manière visible, l'on sentait le relâchement dans le comportement de Kocou. Cependant, à l'instar des astres qui éclairent et que nul ne peut arrêter le cours sinon le Créateur, l'amitié des inséparables continua.

Chaque soir, autour d'un pot de vin de palme, Kocou et Gbizié se racontaient des histoires inhérentes à la vie sociale, spirituelle, morale et de cette façon, ils se reposaient de la fatigue du jour. Les femmes quant à elles étaient servies à part, loin des hommes sauf quand on devait servir le vin de palme. Elles avaient aussi leur sujet principal qui tournait autour des hommes et de la valeur des pagnes. Souvent, elles pensaient fortement à leurs progénitures comme c'était le cas de Fofouè, la femme de Kocou ; elle se souciait de la grossesse de six mois qu'elle portait. Elle s'apprêtait à faire le septième combattant de Kocou.

Un jour de grande fatigue, alors que c'était son tour de servir le vin de palme, Gbizié glissa subtilement une boule d'or dans le gobelet de la femme de Kocou qui but d'un trait sa quantité remise. Néanmoins, elle se rendit compte qu'il y avait quelque chose de bizarre qu'elle avait avalé sans retenue. Une fois le service accompli, Gbizié prit un air très sérieux et dit à son ami que sa femme avait ingurgité son or. Cette dernière ne fit pas de difficultés à reconnaître les faits. Tout s'était passé comme un éclair. C'était maintenant le tour de Kocou d'engager le processus de pardon. Mais Gbizié opposa un refus à toutes les requêtes de Kocou. L'affaire était très sérieuse ; un morceau d'or dans le ventre de la femme de Kocou, de surcroît enceinte ! La problématique était posée d'elle-même. Puisque Gbizié ne voulait pas un autre morceau d'or, il était convenu de fendre la femme pour y retirer le métal. C'était l'asthénie, l'abattement dans le village ; eh oui ! Kocou devait rembourser sa dette à son ami Gbizié. Étaient-ils encore des amis ? Avaient-ils réellement vécu des instants intenses de fraternité auparavant ? Le sens commun refusait de répondre par l'affirmative. Mais, au moment, où l'on s'apprêtait à exécuter ce sinistre acte, Gbizié fit signe de marquer un arrêt. Il prit la parole et dit à son ami et à tous ceux qui assistaient :

- Les gens ont employé tous les moyens pour que notre amitié connaisse des brouilles. Ils savent que notre exemple les dérange puisque nous nous pardonnions toujours les torts mutuellement. Tu sais, le monde n'aime pas le pardon, il attise la haine et envenime les situations mêmes minimes. En me demandant de retrouver coûte que coûte ton fusil, je savais que tu t'étais laissé guider par les désirs de l'homme. Mais, moi, j'étais persuadé que non seulement j'allais retrouver le fusil mais j'allais tout faire pour que notre amitié continue et perdure dans le temps. Si je voulais le mal pour le mal, l'occasion était là devant moi et sous tes yeux. J'ose croire que la vengeance pour elle-même n'apporte rien à soi et à la société entière ; elle augmente plutôt le pourcentage des aigris et des malheureux. En me plaçant donc sous l'angle de l'Amour qui a créé le monde, je puis dire que ta femme ne mourra pas car elle n'a rien fait et l'enfant qu'elle porte naîtra pour sûrement redonner au monde le goût et la joie de vivre. Cet enfant consacrera davantage notre réconciliation et notre unité. Il sera par ailleurs, un signe fort pour toutes les amitiés construites sur du roc. Désormais, là où l'on parlera de cet enfant, on parlera également du pardon que je t'ai accordé pour sauver la vie ; elle n'a pas du prix.

L'essentiel du message

Sans la vie, tout tombe en ruine et ceux qui fréquentent les églises recherchent cette vie à tâtons. ATEDI se rendit dans une église dénommée "Merveille sous vos yeux" un jour de la solennité de Saint Pierre et saint Paul ; cette église était située sur la montagne, très loin des habitations pour des raisons dites spirituelles aux dires de ses fondateurs. ATEDI trouva là, des fidèles en liesse qui proclamaient les louanges de Jésus. Une grande émotion le saisit et le fit frémir. La maison de Dieu n'était pas totalement achevée. Elle avait la forme d'un hangar couvert de tôles. Les murs n'étaient pas crépis et l'autel donnait l'allure d'autels perdus dans les forêts sacrées d'autrefois. Cette chapelle était munie de petites fenêtres ce qui attisait la chaleur comme dans un four crématoire. Pourtant, l'impression qu'on avait de l'extérieur était formidable. Mais, en apportant une touche réflexive, l'on se rendait compte de la douleur et de la souffrance érigée en parchemin spirituel. Sinon, qui pouvait comprendre un tel dolorisme ? Il sautait aux yeux et personne n'y prenait garde ; chaque fidèle se laissait tellement plonger dans les vannes spirituelles que seuls les infidèles étaient en mesure de percevoir leur souffrance. La sueur qui coulait du visage de chacun pouvait remplir un seau de toilette. Était-ce là, le signe d'une prière réussie et fervente ? Tout compte fait, ils paraissaient tout heureux tant qu'ils étaient dans cette officine spirituelle et ils y demeuraient pendant de longues heures.

Au cœur de cette église, il y eut des attitudes inhabituelles. En effet, l'homme de Dieu, le chef de la communauté était incontournable. Une cérémonie particulière était nécessaire avant de le saluer et lui tendre la main. Il se disait dans leur milieu qu'il parlait directement avec Dieu et pour ce faire, l'on lui devait obéissance aveugle sans jamais prendre le contre-pied de ce qu'il affirmait. Par curiosité, ATEDI entra chez lui et il fut surpris par la disposition des meubles à l'intérieur de sa maison. Il y avait même une chambre exceptionnelle dans laquelle personne n'avait accès sinon le révérend Riode. Aussi, dans cette église, les offrandes étaient-elles faites par catégorie de personnes lors des offices. Les enfants avaient leur tour, ainsi que les femmes et les hommes ; dans les paniers tissés de filet, des pièces d'argent n'avaient pas leur place. Les fidèles eux-mêmes vivaient dans la pauvreté tandis que l'homme de Dieu, son épouse et ses enfants jouissaient d'une vie paisible et d'une relative opulence. Par ailleurs, ATEDI remarqua dans quelques églises que les prédications des serviteurs de Dieu étaient uniquement et négativement tournées vers d'autres confessions religieuses. Jamais les valeurs et les qualités des autres n'étaient mentionnées dans les sermons. Les fidèles au sortir des célébrations liturgiques, avaient leur bible et parlaient des sermons des hommes de Dieu.

Aussi, ne manquaient-ils pas de rappeler les différentes dates d'évangélisation. Déjà, les éloges de certains pasteurs faisaient la une de l'actualité. Ils s'étaient illustrés parmi le peuple de la plus belle manière et à l'invocation de leur nom, des foules nombreuses s'attroupaient. Ils savaient parler au peuple et l'orienter vers un comportement exemplaire, gage d'une vie paisible. Chaque semaine, des séances de prières étaient organisées pour louer les merveilles de Dieu, qui n'hésitait pas à combler les hommes de grâces. La prière d'évangélisation qui avait attiré des foules nombreuses dans une ferveur de joie car par le biais de ATEDI, Dieu avait accompli des merveilles ; des aveugles purent voir et repartir à leur domicile sans aide extérieure ; des boiteux, à une allure extraordinaire, prirent la route sans tituber ; des délivrances, on en compta par centaines. Le triomphe de Dieu sur les forces ennemies fut réel et les croyants en étaient fiers. Le fait le plus marquant de la cérémonie, fut la guérison extraordinaire de Dapli.

En effet, Dapli avait été malade pendant douze ans. Il devint méconnaissable du fait de ce mal pernicieux qui le rongeait sans répit. A peine, pouvait-il lever les yeux et reconnaître un visiteur. Pour rechercher sa guérison, ses proches dépensèrent toute la richesse familiale pour honorer les ordonnances à répétition. Ils avaient parcouru hameaux, campements, monts et vaux, hôpitaux et cliniques mais son état avait plutôt empiré. Aucun signe d'espoir ne pointait à l'horizon. Dapli attendait la mort comme on attend la saison pluvieuse avec empressement. La mort ! Elle vient toujours sans jamais prévenir un humain. Dapli savait désormais que son pèlerinage terrestre tirait à sa fin. Alors, qu'il se consolait quelque peu par une lecture, il entendit aux oreilles, fredonner des sons mélancoliques ; ces sons ! Il les connaissait bien pour les avoir entendus dans le village au cours d'une célébration de funérailles. Tous les jeunes de son âge étaient habitués à ce chant :

- Fê eh sessa wakanou lé wa fou yo/ fê gné gnakpé ka fê gné gna kpéka[2].

---

[2] Ô mort comment faire pour ne pas mourir ; la mort n'a pas de remède, oui la mort n'a pas de remède.

Ainsi, pris de remords et conscient de sa fragilité, il fit appeler un serviteur de Dieu pour la prière et pour la réconciliation avec Dieu. Il voulut se mettre en harmonie avec Dieu avant le voyage ultime. Ces deux sacrements étaient de renommée pour le premier à soutenir et à soulager les malades et pour le second à rétablir le lien d'amour entre l'homme et Dieu, amour perdu du fait du péché. Dapli se résolut à relater ses péchés, tous ses péchés avant l'heure fatidique.

Quand l'homme de Dieu eut fini d'administrer les sacrements, il donna rendez-vous à Dapli et ses proches à la grande prière d'évangélisation et c'est là que se produisit le miracle. Désormais, ATEDI devint une star spirituelle à **Wotodou**. Tous ceux qui avaient des difficultés d'ordre spirituel s'adressaient à lui. Les jalousies ne se firent pas attendre ; d'aucuns pensaient qu'il n'était pas un serviteur de Dieu authentique ; ils le traitaient de suppôt de Lucifer à la peau et à la voix d'agneau. Pourtant, ATEDI criait à qui voulait l'entendre, qu'il était bel et bien le serviteur de Dieu. Il mit quiconque au défi. Il continua néanmoins son œuvre d'évangélisation dans la simplicité et l'humilité.

Sa tendre et charmante épouse l'y aidait dans cette œuvre. Elle avait le nom "maman". Ses enfants rivalisaient de vertus et d'intelligence parmi les jeunes de leur temps. ATEDI avait, en marge de cette cérémonie, prophétisé le retour de DAFFOU_comme chef de famille. Mais personne n'avait pris cela en compte. Ceux qui titubaient dans la critique attendaient par curiosité la réalisation effective de cette annonce. La parole de Dieu avait réellement envahi le cœur et la vie d'ATEDI. Toutes les occasions pour lui étaient merveilleuses pour proclamer la grandeur de son Dieu. Il organisa à l'intention de tous les dirigeants du village une conférence dont le thème fut : « les béatitudes dans la Bible et leur répercussion sur l'homme. »

Il prit le temps d'énumérer point par point les différentes béatitudes pour convaincre son auditoire sur sa maîtrise parfaite du livre saint. Il ajouta un petit commentaire à chaque élément :

- Heureux vous les pauvres, le royaume de Dieu est à vous !

N'est pauvre que celui qui a le cœur tendre et tourné vers Dieu et Dieu seul. Il est comme un chiffon sec ; il se laisse remplir par Dieu ; et de cette façon, le Royaume ne tardera pas à lui ouvrir ses portes. Écoutez bien de ce que je dis ; je ne vous parle pas de chercher la misère qui vous rend esclave ; non, nous sommes des enfants de la liberté. Nous connaissons ce qui est bon et beau ; cherchez à travailler pour sortir de la misère et de l'esclavage. Ce n'est pas la pauvreté corporelle qui conduit au ciel. Soyez plutôt pauvres de cœur, c'est-à-dire devant Dieu, considérez votre petitesse et ce, dans l'humilité et Dieu vous élèvera. Quand Dieu vous donne la grâce c'est pour mettre cela au service de vos frères et sœurs. On voit beaucoup de paresseux qui viennent à l'Eglise, eux, s'ils ne changent pas de comportement, ils n'auront rien avec Dieu. Aimez le travail bien fait.

- Heureux vous qui avez faim maintenant : vous serez rassasiés !

De quoi avez-vous faim ? De Dieu ou de pain ? Rappelez-vous que le Seigneur a dit : cherchez d'abord le Royaume de Dieu et sa justice et le reste vous serez donné par-dessus. Dieu préfère d'abord ceux qui le cherchent de tout cœur et qui le cherchent davantage. Pourtant, Dieu n'oublie pas qu'il doit nourrir ses enfants du pain de froment ; alors, il n'y a pas d'inquiétude à s'exercer à l'union à Dieu. Que gagnerait l'homme qui recherche le matériel à tout prix s'il lui arrivait de perdre le sens du bien c'est-à-dire la quête permanente de l'amour de Dieu ? Laissez-vous rassasier par la Parole de Dieu et vous n'aurez plus faim.

- Heureux, vous qui pleurez maintenant : vous rirez !

Que voulez-vous ? Pleurer maintenant et rire demain ou rire maintenant et pleurer demain ? Votre vie vous appartient et personne ne pourra vous la ravir. Le Seigneur a une compassion exceptionnelle pour les démunis et tous ceux qui pleurent du fait de la méchanceté de leurs frères. Tous leurs efforts de bonté de cœur et de confiance profonde en Dieu ne seront pas vains. La souffrance qu'ils endurent maintenant sera annihilée par l'océan de grâces que le Seigneur promet à ses amis.

• Heureux êtes-vous quand les hommes vous haïssent et vous repoussent, quand ils insultent et rejettent votre nom comme méprisable, à cause du Fils de l'homme. Ce jour-là, soyez heureux et sautez de joie, car votre récompense est grande dans le ciel ; c'est ainsi que leurs pères traitaient les prophètes.

Vous est-il déjà arrivé d'essuyer des injures à cause du nom de Jésus ? Et votre nom, a-t-il été sali et couvert de calomnies à cause du nom de Jésus ? Le nom de Jésus vous confère un nouveau statut. Par Jésus, vous devenez des mis-à-part, pas des hors-la-loi mais plutôt des amis de la vie ; la loi est inhérente à la vie. Vous n'avez pas à avoir peur puisque Jésus vous donne l'assurance : *Ce jour-là, soyez heureux et sautez de joie, car votre récompense est grande dans le ciel ; c'est ainsi que leurs pères traitaient les prophètes.*

Qui ne veut pas bénéficier de la joie de Jésus ? Continuez donc d'aimer Dieu et vos frères, malgré les calomnies et les injures de toute sorte. Ils ne savent pas ce qu'ils font ; priez pour eux, priez pour le monde et soyez forts.

ATEDI conclut son enseignement en ces termes : Il n'y a rien au monde qui puisse se mesurer au Dieu que nous adorons. Sa puissance rédemptrice est universelle. Je continuerai l'enseignement la prochaine fois avec les trois béatitudes ci-dessous :

Malheureux, vous les riches vous avez votre consolation ! Malheureux, vous qui riez maintenant ; vous serez dans le deuil et vous pleurerez ! Malheureux êtes-vous quand tous les hommes disent du bien de vous ; c'est ainsi que leurs pères traitaient les faux prophètes (Lc 6, 20-26)

La force du Pardon

La renommée d'ATEDI atteignit toutes les frontières de Wotodou. Aucun jour ne passa sans que le nom de cet homme ne soit prononcé. Des gens venaient de partout pour le rencontrer et entendre sa voix. Et tous ceux qui venaient à lui étaient émerveillés par sa simplicité et sa connaissance de la Parole de Dieu. Il redonnait espoir aux désespérés et la joie à tous les attristés. Ses paroles étaient une mine d'or pour sa génération. Lors d'une prière du soir en présence de plusieurs centaines de fidèles, il donna son témoignage de sa rencontre avec le Seigneur.

Mes frères et mes sœurs, dit-il, il y a un Dieu qui aime les hommes. Même dans la caverne de la mort, de la solitude et de la haine, il est encore capable de nous y extraire. Je viens de loin et je puis dire que le Dieu de Jésus-Christ est vivant. Vous remarquez sans effort que je suis manchot ; je ne suis pas né ainsi mais la méchanceté des hommes l'a voulu de cette manière. Je voudrais vous épargner les détails compte tenu du temps mais il est bon que vous le sachiez : notre ère vit la pire bêtise humaine. Des frères fâchés avec leurs frères se rebellent et sèment la désolation à visage découvert. Je suis le témoignage authentique de cette sauvagerie. J'ai juré de venger mon père qui fut enlevé sous mes yeux et ceux de ma mère. Plus jamais, il n'est revenu à la maison. Mort ou vivant ! Nul ne le sait. Reviendra-t-il ? Ne reviendra-t-il pas ? Nul ne le sait aussi. Je garde les séquelles de cette puanteur humaine en moi ; manchot et eunuque, oui je le suis. Je ne peux pas faire d'enfants sauf si Dieu décide autrement car rien ne lui est impossible. Ceux qui m'ont causé ce tort, sont là et ils sont joyeux quelque part.

Pendant quinze ans, j'ai cherché à me venger et la haine m'a rongé tout ce temps. J'étais devenu ennemi de moi-même et de tous les hommes ; mon cœur saignait chaque minute et versait des caillots de sang ; je me vidais de ma vie chaque fois que je pensais à cette nuit horrible où des hommes étaient devenus réellement des loups et des lions pour leurs semblables. La monstruosité emportée de l'enfer s'était incrustée dans la chair des hommes à tel point qu'ils n'avaient plus de cœur. L'homme devint une chenille pour l'homme. Heureusement que Jésus m'a visité dans le cachot de ma misère et de ma haine ; il m'a illuminé comme il l'avait fait à l'endroit de Paul. Jésus est entré dans ma vie au moment opportun. Je puis dire qu'il m'a indiqué l'attitude à suivre lorsque je n'avais plus de force. Moi qui pensais que la vengeance allait me tirer d'affaires, j'ai découvert avec Jésus que j'ai passé davantage de temps à me noyer et m'engloutir dans un sombre nuage mortifère où les pseudo satisfactions m'attiraient indubitablement. J'ai accepté Jésus et je vous assure que je ne me suis pas trompé. Avec mes handicaps, je suis heureux et je souhaite que vous aussi, vous acceptiez Jésus pour participer à la béatitude qu'il offre.

L'engagement d'ATEDI pour la cause de Dieu, synonyme de la cause des hommes surtout pour les démunis était profond. Il était admiré par le chef de famille qui dans le secret des décisions fit de lui le conseiller spirituel de la grande famille. D'ailleurs, c'est lui qui avait le plus secoué la cité par ses prophéties. Il devint dès lors l'artisan de la Vie. Sa popularité s'accroissait au fur des années et cela ne plaisait pas du tout à certains hauts dignitaires du moment. Ainsi, il s'attira beaucoup d'ennemis parmi lesquels des serviteurs de Dieu. Les autres prophètes concevaient avec désagrément la nomination d'ATEDI. Il ne fut pas le seul et unique à prophétiser selon leurs convictions et pourquoi à l'heure du partage, ce fut lui seul le vainqueur ? Sur des places publiques et souvent au cours des cultes, on entendait d'autres prophètes manifester leur mécontentement.

- « Ce n'est pas juste ce qui arrive ; nous avons tous prophétisé. À l'heure du partage du gâteau, nous devons tous être récompensés », s'insurgea le prophète Adiby. Mais un fidèle ordinaire lui répliqua dans un ton sage :

- « Homme de Dieu, c'est inconcevable ce que vous dites-là ! Excusez-moi, mais votre rôle est d'aider le peuple et ses dirigeants à poser des actions vertueuses capables de faire advenir la paix, la tranquillité et le bonheur. Vous êtes une boussole pour les nations. Ainsi, votre récompense n'est pas tangible ni quantifiable. C'est vous-mêmes qui nous apprenez qu'après une belle œuvre nous devons nous considérer comme des ouvriers quelconques ; pourquoi alors vous plaindre à longueur de journée ! Êtes-vous jaloux d'ATEDI ? Mais, tout le monde ne peut pas être à la cour du chef ? D'ailleurs, le chef choisit celui qu'il veut pour le service spirituel dans son service ; ce n'est pas qu'ATEDI est le plus écouté par Dieu ! C'est un choix et tout choix obéit à des principes souvent arbitraires. Dieu lui-même a fait un choix en élisant Israël comme peuple choisi parmi de nombreux peuples. »

-Assez ! lui cria le prophète ADIBY ;

- « tu ne sais pas de quoi tu parles. Être près du chef attire beaucoup de privilèges et nous devrions y être. C'est notre tour de régner. Nous avons pris des risques pour prophétiser et maintenant que l'horizon s'éclaire, il est impossible de rester les bras croisés et continuer de souffrir ; pour moi, ils sont passés les jours de la misère, de l'angoisse, de la passion, c'est l'heure de suivre les pas du ressuscité ; et le chef incarne bien cet idéal. Notre restauration est là. Et nous devons maintenant vivre dans le bonheur.

-Ah bon ! S'étonna un passant : « ce sont des privilèges que vous cherchiez par vos prédications ? »

La liberté fait agir

Il était déjà midi quand **Dada** apprit qu'il ne pouvait plus intervenir lors du grand rassemblement dénommée journée de la paix. Pourtant, il avait pendant trois semaines, cherché à faire une exhortation potable pour le salut des âmes. Ce texte, il le révisait sans cesse dans sa chambre :

- « Et si aujourd'hui, main dans la main, on s'unissait pour chanter ensemble l'hymne National de notre cité ? Oui ! Il le faut et c'est le moment choisi pour le faire, non pas demain ou après-demain mais aujourd'hui. Hommes libres et enchainés quelque part, hommes enchainés et libres quelque part ; tous d'une même voix, nous devons entonner le chant de notre bonheur. Que de mots pleins et remplis de sens et de vie, on ne salue pas son ennemi, on n'adresse pas la parole à celui qui nous hait et si on le faisait, c'est pour prononcer des paroles de médisance et d'imprécations. Wotodou est considéré comme terre d'espérance et d'hospitalité. Notre intention est de faire ressortir toutes les valeurs de ce chef d'œuvre artistique jamais égalé. Mais, ces valeurs sont tellement immenses et profondes qu'il nous revient de goûter au contenu de chaque entité dans le silence, le recueillement et la prière. Les valeurs qui s'y dégagent sont légion :

- Espérance
- Hospitalité
- Dignité
- Fierté
- Gloire
- Bonheur
- Paix
- Liberté
- Devoir
- Modèle
- Foi
- Patrie
- Vraie fraternité.

Néanmoins, il semble que le résumé pourrait être : la célébration de la liberté, gage de la paix. La liberté ! Parlons-en ! Elle est la faculté qui pousse à l'action selon les moyens dont on dispose sans être entravé par le pouvoir d'autrui. Célébrer la liberté, c'est faire la promotion de la vie et du bonheur. On comprend aisément que la liberté et la paix sont deux termes inséparables. L'un ne va pas sans l'autre et vice versa. Les deux termes s'épousent de façon harmonieuse pour concrétiser ce qui fait l'identité réelle de l'homme. Nous savons selon nos recherches que la paix désigne habituellement un état de calme ou de tranquillité comme une absence de perturbation, d'agitation ou de conflit. Elle est parfois considérée comme un idéal social et politique. De fait, elle désigne l'entente amicale de tous les individus qui compose une société. Elle n'implique pas l'absence de conflit, mais une résolution systématiquement calme et mesurée de toute difficulté conséquente à la vie en communauté, principalement par le dialogue.

Wotodouens et Wotodouennes, la paix soit sur vous et votre famille. Voilà une occasion que le temps nous donne une fois de plus, pour quitter nos suffisances, notre orgueil congénital pour reconnaître enfin notre péché. Oui, nous avons tous péché et quiconque tournerait le dos à cette réalité serait un pire ennemi de Wotodou. Qu'avons-nous fait ? Pourquoi l'avons-nous fait ? Quelle est la situation de notre nation actuellement ? Qu'est-ce que chacun doit faire pour une véritable réconciliation puisque tous, nous sommes appelés à bâtir une patrie de la vraie fraternité ? Allons-nous opprimer les autres parce que nous exerçons le pouvoir d'Etat ? Dieu a horreur de l'injustice et le moindre cri de cœur d'un opprimé parvient à ses oreilles. Il agit toujours mais son temps n'est pas celui des hommes. Ce moment que nous vivons va-t-il s'écouler comme les autres jours sans avoir marquer de son empreinte nos cœurs ? Non ! Laissons une trace dans nos cœurs ! Inscrivons un mot de paix sur nos fronts aujourd'hui. Sourions aujourd'hui pour la paix et écrivons un texte à l'effigie de la paix :

*Elle est née avant tous les siè***cles**

*Bien loin de tous les specta***cles**

*A une période de tendres***se**

*Où douceur était maîtres***se***.*

Elle est la reine du **Pardon**

*Au milieu d'une espèce-***don**

*Soucieuse du bien-être glo***bal**

*Très loin de tout calcul tri***bal.**

Elle est l'antidote de la **guerre**

*Et règne non dans laranc***œur**

*Mais dans l'unité éternel***le**

*Munie de la charité réel***le.**

*Elle convainc tou***jours**

Dans la splendeur du ***jour***

*Lequel est vie et espéran***ce**

*Dans un monde en déchéan***ce.**

Jusque-là, Dada n'avait pas encore compris ce, pour quoi son intervention avait été annulée. Mille et une questions trottinaient dans son esprit. Cependant, persuadé que son message allait être entendu un jour, il se mit à prier davantage en faveur de ses ennemis et de tous les habitants de la nation. Aucun sacrifice ne fut grand à ses yeux pour sauver à sa manière son peuple ; il avait lui aussi, conscience qu'il fallait travailler, s'unir plus, pour pouvoir contrecarrer les ruses des grandes puissances. Cela passait par une vie de prière sincère et des actions vigoureuses faites de non-violence. Les ennemis de la nation étaient de grands gourmands spirituels et sociaux. Dada avait aussi une forte conviction de pouvoir apporter sa touche au développement de sa nation. C'était difficile de déceler toutes les épines c'est-à-dire l'ivraie, la mauvaise herbe au cœur de la nation. Des groupuscules avaient une propension au gâchis, au désordre ; des mécréants de premier ordre s'étaient érigés en loups voraces pour envenimer l'atmosphère de tout Wotodou.

Parmi ces mauvais grains, on y trouvait hélas, certains serviteurs de Dieu. Eux qui avaient la charge première de rassembler les citoyens avaient perdu la maîtrise de soi à cause de leur apprêté au gain. Il se mijotait dans le quartier gbosro, là où les habitants vivent sans respect de règles élémentaires, qu'un citoyen avait été grugé par un responsable d'une église.

- T'as pas appris ? Le révérend Riodé a soutiré dix millions de francs à Kougno un de ses fidèles. Et maintenant, il est porté disparu.

- Ah bon ! S'hébéta Foufouet! Ils ne vont pas cesser de se comporter comme des chiens enragés. Ils dépouillent tout le monde et ne laissent personne repartir à la maison avec le moindre sou. Dans quel monde sommes-nous ? Ils créent des cabarets spirituels partout et prétendent avoir la science infuse, ils croient détenir la totalité de la vérité. Pourtant, Wotodou continue de souffrir.

- « C'est cela que je ne comprends pas, compléta Queta. Et si tous les chrétiens se mettaient ensemble, pas forcément dans une même communauté chrétienne mais dans une communion d'esprit et des cœurs pour aider de façon réaliste les citoyens. »

- Comment ! lui demanda sa fiancée.

- Mais, n'est-ce pas que les chrétiens sont disciples de Jésus ! Ils sont très nombreux, s'ils cotisent de l'argent selon des modalités bien peaufinées, ils peuvent mettre en place des banques capables de faire reculer la pauvreté, cet ennemi infernal du bien-être des citoyens ! Aussi, seront-ils une véritable force et un contre-pouvoir même des gouvernants espions. C'est d'ailleurs ce qui leur permettra d'être écoutés. L'on s'étonne que les gouvernants de chez nous prennent le prétexte de vouloir sauver le peuple alors qu'ils l'assujettissent davantage. Ils ont tous des ventres arrondis, circonscrits aux frontières de leurs familles et leur regard hasardeux est le signe de leur malhonnêteté.

- Ah ! s'exclama encore Queta. Que voulez-vous ? Nous sommes dans l'ordre normal des choses ; tous les chrétiens ont peur de mourir, pourtant, ils veulent tous aller au paradis, quel paradoxe ! Je vais peut-être vous scandaliser mais c'est la vérité. Quand vous prenez l'exemple des autres peuples, ils ont des modèles de personnages qu'ils vénèrent. Il y a des serviteurs de Dieu et des servantes de Dieu qui se sont illustrés de la plus belle manière de sorte qu'ils sont en terme religieux des saints patrons de ces peuples-là. Dites-moi ou donnez-moi le nom d'un Wotodouen ou un autre personnage religieux qui est vénéré ! Personne ! Vous comprenez pourquoi, nous continuons de souffrir.

Nous sommes à l'heure de la suspicion, la méfiance et le dénigrement à haute dose qui battent le pavé du quotidien. Des chrétiens s'autodétruisent sans même penser à leur Maître et hélas, ils entonnent des mélodies à la gloire du Seigneur sans profondeur aucune ; ce comportement est alarmant et honteux. Alors, le jour où ils comprendront que le véritable ennemi c'est le péché, la pauvreté et les décisions imprudentes des plus puissants et que certains parmi eux, se sacrifieront pour la cause de la vie, notre nation sera libérée pour de bon.

- C'est en cela que je loue le courage du Chef et son zèle pour relever le défi que les chrétiens fuient alors qu'ils ont été établis pour cette mission. Maintenant qu'il est revenu de son exil grâce à Dieu, il est du devoir des citoyens de prendre ce nouveau chemin vital. Certes, il a choisi officiellement ATEDI pour le combat spirituel, mais nous devons l'aider dans cette tâche pour qu'il réussisse. Malheureusement, des langues se délient pour manifester des mécontentements dans les rangs des serviteurs de Dieu. Quel dommage !

La Puissance de la Parole

Le révérend ATTOU avait été annoncé comme prédicateur du jour au stade "aime ton prochain". Les fidèles par milliers, effectuèrent le déplacement. Sur le chemin menant au stade, tandis que certains manifestaient leur émotion d'entendre pour la première fois ATTOU, d'autres murmuraient déjà, des paroles puissantes qui allaient être prononcées. En effet, il était reconnu pour ses sermons non seulement pertinents mais surtout poignants et dérangeants. Il avait été taxé de militer en faveur du chef. Pourtant, le nom de Jésus et son Évangile étaient le contenu véritable au cœur de ses sermons. Ce jour-là, était particulièrement sensible puisqu'il commémorait la septième année de l'exil du chef. Et les partisans de celui-ci en avaient marre de la situation qui prévalait dans la cité. Ils attendaient donc beaucoup du révérend ATTOU. Pendant ce temps-là, les nouveaux élus faisaient la pluie et le beau temps. Ils occupaient les premières places dans les églises ; leur offrande se démarquait visiblement des autres offrandes. Ils furent les mieux vus et partout l'on parlait à tort ou à raison de leur arrogance. Quand le révérend ATTOU mit ses pieds dans l'Église envahie par des chrétiens et de non chrétiens, des tonnerres d'applaudissements l'accompagnaient jusqu'au pupitre.

Il savait qu'il était attendu et que son message devait être le lieu de l'expression de la présence de Jésus au cœur du monde. Il s'y était préparé pendant des jours. Il prononça une première parole qui enthousiasma l'assemblée puis il invita chacun à la prière. Par-là, l'assemblée comprit que le jeu avait pris fin. Alors, relevé de sa prostration, le révérend ATTOU, donna l'ordre à la lectrice de proclamer la parole de Dieu tirée de l'Évangile de Luc dans son chapitre quinze les versets onze à trente-deux (Luc 15, 11-32) :

Jésus dit encore : « Un homme avait deux fils. Le plus jeune dit à son père : 'Père, donne-moi la part d'héritage qui me revient.' Et le père fit le partage de ses biens. Peu de jours après, le plus jeune rassembla tout ce qu'il avait, et partit pour un pays lointain où il gaspilla sa fortune en menant une vie de désordre. Quand il eut tout dépensé, une grande famine survint dans cette région, et il commença à se trouver dans la misère. Il alla s'embaucher chez un homme du pays qui l'envoya dans ses champs garder les porcs. Il aurait bien voulu se remplir le ventre avec les gousses que mangeaient les porcs, mais personne ne lui donnait rien. Alors il réfléchit : 'Tant d'ouvriers chez mon père ont du pain en abondance, et moi, ici, je meurs de faim ! Je vais retourner chez mon père, et je lui dirai : Père, j'ai péché contre le ciel et contre toi. Je ne mérite plus d'être appelé ton fils. Prends-moi comme l'un de tes ouvriers.' Il partit donc pour aller chez son père. Comme il était encore loin, son père l'aperçut et fut saisi de pitié ; il courut se jeter à son cou et le couvrit de baisers.

Le fils lui dit : 'Père, j'ai péché contre le ciel et contre toi. Je ne mérite plus d'être appelé ton fils...' Mais le père dit à ses domestiques : 'Vite, apportez le plus beau vêtement pour l'habiller. Mettez-lui une bague au doigt et des sandales aux pieds. Allez chercher le veau gras, tuez-le ; mangeons et festoyons. Car mon fils que voilà était mort, et il est revenu à la vie ; il était perdu, et il est retrouvé.' Et ils commencèrent la fête.

Le fils aîné était aux champs. A son retour, quand il fut près de la maison, il entendit la musique et les danses. Appelant un des domestiques, il demanda ce qui se passait. Celui-ci répondit : 'C'est ton frère qui est de retour. Et ton père a tué le veau gras, parce qu'il a vu revenir son fils en bonne santé.' Alors le fils aîné se mit en colère, et il refusait d'entrer. Son père, qui était sorti, le suppliait. Mais il répliqua : 'Il y a tant d'années que je suis à ton service sans avoir jamais désobéi à tes ordres, et jamais tu ne m'as donné un chevreau pour festoyer avec mes amis. Mais, quand ton fils que voilà est arrivé après avoir dépensé ton bien avec des filles, tu as fait tuer pour lui le veau gras !

Le père répondit : 'Toi, mon enfant, tu es toujours avec moi, et tout ce qui est à moi est à toi. Il fallait bien festoyer et se réjouir ; car ton frère que voilà était mort, et il est revenu à la vie ; il était perdu, et il est retrouvé ! »

Elle acheva sa lecture par cette intonation :

- *Parole du Seigneur* ;

et l'assemblée répondit :

- *nous rendons grâce à Dieu.*

Le révérend ATTOU demanda à l'assemblée d'acclamer le Seigneur Jésus avec force et elle le fit avec joie. De façon minutieuse, il instruisit l'assemblée sur l'importance du pardon au regard du texte biblique écouté. Il le dit dans un langage

-Dans cet extrait de saint Luc, Jésus à travers l'image de ce père prodigue, manifeste l'amour de Dieu et de sa miséricorde pour tous les hommes. Le plus jeune fils n'avait plus droit à l'héritage familial au regard de son acte ; il avait déjà pris sa part. En rigueur de terme, par son acte, il s'exclut volontairement du sang familial mais son père n'avait rien dit car l'amour de ce fils n'avait pas encore disparu de son cœur c'est pourquoi le père sut toujours garder le regard sur la route. En fait, l'épisode du fils errant, nous découvre l'univers de tous ceux qui se mettent en marge de la vie de Dieu. Dans cet univers, désastre, déshonneur et tristesse, longent la route ; que n'a-t-il pas subi cet enfant rebelle ? Il fut inférieur à un porc puisqu'il n'avait pas droit aux aliments des porcs. Du coup, il sentit le besoin de revenir à la maison. Ainsi, il prit son courage et l'engagement de s'humilier profondément devant son père :

- Je ne mérite plus d'être appelé ton fils, dit-il à son père, prends-moi comme un de tes serviteurs.

Le péché nous rend sale et nous introduit dans des demeures ignobles ; il nous éloigne de Dieu et de nos frères. Le pardon vient à point nommé pour laver le pécheur, pour désintoxiquer le rebelle et l'introduire non dans les enfers mais dans la félicité de Dieu par la restauration. Le fils rebelle contre toute attente, bénéficie de la clémence de son père. Il est restauré et réhabilité :

- *'Vite, apportez le plus beau vêtement pour l'habiller. Mettez-lui une bague au doigt et des sandales aux pieds. Allez chercher le veau gras, tuez-le ; mangeons et festoyons. Car mon fils que voilà était mort, et il est revenu à la vie ; il était perdu, et il est retrouvé.'*

Le père prodigue est le prototype de Dieu dont le cœur est profond comme l'océan ; il réhabilite le rebelle sans condition. Il va au-delà de ses inquiétudes ; il l'habille du plus beau vêtement c'est-à-dire il lui confère la dignité et la respectabilité ; il lui met ensuite une bague au doigt, signe de royauté, il lui admet enfin des sandales aux pieds en signe de liberté et de sécurité. Tout cela est couronné par la fête au cours de laquelle le veau gras est tué. Pour ceux qui connaissent l'histoire du veau gras, il y a de quoi s'interroger sur l'importance de cette fête. Et ce n'est pas par hasard que le fils aîné revenu des champs s'en plaint ! Au-delà, de ce phénomène biblique, nous comprenons bien que Dieu entend pardonner les péchés de tous les hommes pourvu qu'ils reviennent à lui. D'autres textes bibliques appuient ce que nous disons !

En effet, dans l'évangile de Luc 7,36-50, on voit souvent le Christ pardonner les péchés. Il ne condamne pas la femme surprise en flagrant délit d'adultère en affirmant « que celui qui n'a jamais péché lui jette la première pierre » (Jean 8,3-11). Il s'exprime de manière imagée comme dans la parabole du fils prodigue ci-dessus. Jésus recommande par ailleurs à Pierre de pardonner jusqu'à 70 fois 7 fois (Mt 18, 21-22). Souvent, Jésus guérit des infirmes et remet les péchés par la même occasion (Mt 9,1-8).Le pardon fait partie de la prière du Notre Père que Jésus a transmise aux hommes :

- Pardonne-nous nos offenses, comme nous pardonnons aussi à ceux qui nous ont offensés »), (Luc 11, 1-4, Mt 6, 9-13).

Le Christ a conféré aux apôtres le pouvoir divin de pardonner les péchés : « Recevez l'Esprit Saint. Ceux à qui vous remettrez les péchés, ils leur seront remis ; ceux à qui vous les retiendrez, ils leur seront retenus » (Jean 20, 22-23). Dieu a lié le pardon des péchés à la foi et au baptême :

- « Allez par le monde entier, proclamez la Bonne Nouvelle à toute la création. Celui qui croira et sera baptisé sera sauvé » (Mc, 16, 15-16).

En fait, le baptême est le premier et principal sacrement du pardon des péchés parce qu'il unit les chrétiens au Christ mort pour les péchés des chrétiens, ressuscité pour leur justification. Le Christ après sa résurrection a envoyé ses apôtres « annoncer à toutes les nations le repentir en son nom en vue de la rémission des péchés » (Luc 24, 47). Ainsi, « l'Église a reçu les clés du Royaume des cieux, afin que se fasse en elle la rémission des péchés par le sang du Christ et l'action du Saint-Esprit. C'est dans cette Église que l'âme revit, elle qui était morte par les péchés, afin de vivre avec le Christ, dont la grâce nous a sauvés ».

L'arrivée du chef apporta beaucoup de joie et de calme dans wotodou. Tous les citoyens étaient pressés d'entendre le discours du chef. Dans chaque maison, on imaginait à peu près ce qui allait être le contenu du discours.

Discours-Programme du chef

Je tiens l'hysope en main ; faites silence et laissez gronder le tonnerre ; pour une première fois, le tonnerre annonce une bonne nouvelle ; regardez et voyez que je viens apporter la paix ici chez nous ; je viens avec la paix. Quand la mort sévissait, je pleurais sans retenue sur une terre étrangère. Je n'ai point vu les miens être ensevelis pourtant, je les aimais de tout mon cœur. Quand les biens de mes proches et mes biens à moi devenaient cendres au regard inquisiteur des vainqueurs, mon cœur stressé supporta amèrement ce désastre. Aujourd'hui, fort heureusement, il fait jour.
À peine, il prononça cette phrase que toute l'assemblée s'exclama et lança des

Cris de joie. Il fit signe de la main puis il continua :

- L'heure n'est pas à la vengeance ; l'heure n'est pas aux règlements de comptes. La vengeance tue son propre auteur et l'humilie ; la vengeance constitue un poison qui anéantit des communautés et annihile tout effort de communion. Voici l'antidote de la vengeance : le pardon. Pardonnez-vous les uns aux autres ; rivalisez de miséricorde les uns envers les autres. Tournez le dos à la méfiance et ouvrez-vous à la vie. C'est ma conviction en la Vie qui m'a gardé malgré la torture et je ne peux qu'être joyeux et redevable à la Vie. L'heure est alors à la joie, la joie des retrouvailles ; l'heure est à la danse pour l'instant afin de transformer nos larmes de deuil en larmes de joie. Malheur à tous ceux qui vont rester tristes et angoissés.

Vous m'attendiez et je suis là avec vous et pour vous. Sous mon autorité, pas de vengeance ; sous mon autorité, pas de règlements de comptes. L'heure est venue de mettre fin à tout ce qui séparait les fils et les filles de wotodou. Allez-y ! Jouez tambourins et cithares et entonnez pour notre nation des mélodies appropriées. Allez-y ! Annoncez à tous, la manifestation de l'ère nouvelle faite de courage, de travail bien fait, d'honneur et de gloire. Notre cité s'élève et elle le fait avec chacun de nous. Seuls les travailleurs bénéficient de la bienfaisance de la terre. Jetez vos habits de deuil, brûlez tous les objets de torture et que la cendre devienne prémisse d'avenir et non d'amertume. Plus jamais, nous ne serons encore asservis ; il s'agit de trouver pour chaque citoyen les raisons de son bonheur et cette raison habite chacun de vous. Je vous fais confiance ; je fais confiance à chaque fils et chaque fille de Wotodou car votre amour a fait mon tourment durant ces années de silence. J'ai été éveillé tout le temps puisque dormir revêt un caractère paisible et moi loin de vous, je n'ai pu être tranquille ; je pensais à vous, je pensais à l'avenir de mon peuple ; je pensais au bonheur de chacun de vous.

Donnez-vous la main, chacun à son voisin et même à son bourreau d'hier ; ils sont finis les jours de torture, ils sont finis les jours de médisance. Il s'est levé pour notre cité, la lumière de la sérénité, de l'indépendance vraie et de l'épanouissement. Annoncez à tous, cette bonne nouvelle et que le travail pour la libération définitive de notre peuple commencé s'accélère. Je vous remercie.

Le discours du chef se termina par des pleurs de joie et l'on entonna l'hymne de bonheur de wotodou:

Hier, divisés

Aujourd'hui, réconciliés.

Et pour tout dire,

Nous nous retrouvons à jamais

Autour de wotodou, notre cité.

Que rayonne pour nous et nos enfants

La mélodie du chant de bonheur.

Que rayonne pour nous et nos enfants

Le chant de vaillants travailleurs

Que notre devise soit chantée :

Travail ! Justice ! Rigueur !

Vive tous les enfants de wotodou

Vive la paix pour l'éternité.

Pensées secrètes

Une réunion sécrète se tint à la demande des parents du chef sous le regard de quelques serviteurs de Dieu. Déboussolés par le discours du chef, ils voulurent se résoudre à prendre une décision interne pouvant pousser le chef à abandonner sa piste d'espoir. Autour du chef, l'atmosphère prit une connotation des temps de détresse. Il fallait à tout prix profiter de ce temps de gloire et ainsi faire ombrage à tous ceux qui avaient durant le désert, amassé biens et trésor sans calcul.

- Pourquoi pensez-vous qu'ils doivent encore bénéficier de quoi que ce soit s'interrogea Takia ! Ils ont déjà eu leur récompense ; ils nous ont maltraité et humilié. Si ça ne tient qu'à moi, ils doivent subir le sort des méchants.

Le neveu du chef ne laissa pas Takia terminer sa phrase quand il dit :

- Tu es dans la vérité, frère, ces maudits-là ! Nous devons leur retourner la monnaie ainsi, ils sauront que nous sommes aussi des hommes. Durant son séjour, qu'a-t-il mangé le chef pour qu'il devienne aussi tolérant, vis-à-vis de ces suppôts de Satan ? Il n'est plus l'homme que je connaissais ; il a perdu de sa vigueur, de sa conviction ! N'est-ce pas frères ?

- Non ! lui rétorqua Adjimi. Il a certainement une stratégie que nous ignorons. Pour ma part, nous devrions accepter ce qu'il propose. Vous savez, nous avons tous subi les affres de la méchanceté des hommes ; notre famille a perdu plus d'hommes et de biens. Mais aujourd'hui, ce que le chef déballe comme plan d'action, le fait entrer davantage dans l'histoire de Dodokpa. Notre comportement malsain, l'a éloigné de son peuple hier, aujourd'hui, il revient parce que Dieu le veut. De grâce, éteignons nos phares de mauvaise foi et cessons de penser et d'agir comme ceux qui n'aiment pas l'homme dans son intégralité.

- Qu'est-ce qu'il dit-là ! Vociféra Tchimo, un autre neveu du chef. N'étais-tu pas là, lorsque ces foirés nous mettaient la pression et qu'ils nous renvoyaient de nos postes ? Nous avons pleuré tout le temps et maintenant, nous devons rire ; c'est cela la réalité. Que le chef veuille ou pas, nous régnons et personne ne pourra nous ravir cette place.

La réunion prit l'allure d'un réquisitoire du chef. Ses proches n'avaient pas encore digéré leur souffrance. Il ne se passait pas de jour sans qu'il n'y ait des interactions entre les proches du chef et ceux qui venaient d'être déchu à leur tour.

Mais le chef, était prêt à aller au bout de ses convictions en prenant tous les risques possibles pour assainir son peuple et tout son peuple. Il était persuadé que tous les enfants de Wotodou avaient droit aux mêmes avantages et que les différences de vue et tout ce qui les avaient opposés auparavant devait se laver dans le sceau de la paix et de la réconciliation. Des consultations diverses furent organisées pour percevoir à dire vrai, le nœud du problème et pouvoir en donner une réponse judicieuse.

Dans les hameaux, les villages et même dans les lieux publics, l'on constata une nette amélioration des relations interpersonnelles. La joie prenait de plus en plus une place dans le cœur des citoyens de Wotodou. Chrétiens, animistes et musulmans décidèrent de rendre grâce à Dieu le créateur pour le retour du chef qui, pour eux, fut considéré comme une œuvre divine. Dans les rues de la cité, toutes les activités des citoyens étaient orientées vers l'organisation pratique de cette action de grâce. Pour mieux cadrer cet évènement, toutes les entités furent répertoriées ; on dénombra mille églises à Wotodou, cinq cents mosquées, deux cents lieux de fétiche. Et chaque entité avait la conscience droite qu'elle avait participé au retour du chef. Il se posa alors le problème de cette action de grâce. Qui dirigera cette prière sans heurts et dans une atmosphère de fête ? Le chef militait en faveur d'une cohésion totale de Wotodou.

Ces religions telles des chaînes ouvertes ou fermées tendaient à l'enfermer de nouveau non dans les geôles des ennemis mais dans des prisons spirituelles difficilement détachables. Elles avaient de surcroît des répercussions sur la marche de la société. Cela inquiétait plus d'un critique et il fallait réagir. Les prophètes étaient les plus virulents ; ils s'attribuaient ce retour et voulaient s'en approprier forcément.

La réunion préparatoire prit l'allure d'un conflit antique. Personne ne voulut entendre raison. Chaque confession voulut être le chef de fil. La vie de wotodou cependant suivait son cours éclairé par la lumière du chef. Toutefois les regards étaient aussi tournés vers la fécondité des femmes, filles de wotodou. L'on était persuadé que le retour du chef allait aussi apporter cette bonne nouvelle. Déjà, on avait signalé que la femme d'ATEDI portait discrètement une grossesse insolite et miraculeuse et qu'elle était à terme.

-ATEDI sera-t-il père ? se demandaient certains curieux.

Les critiques allaient bon train et alimentaient la causerie des habitants de wotodou.

C'est un miracle ? Je ne crois pas, dit Gnoua, un animiste.

Pour toi qui ne croit pas, c'est impossible, mais pas, pour les croyants. Tout est possible à ceux qui croient en Dieu, affirma Yapi.

Au son de la cloche des catholiques à six heures du matin, l'on apprit que la femme d'ATEDI était en travail. Han !

Une naissance conditionnée

Pousse ! Encore un peu d'effort et ça ira. Tout Wotodou fut entre inquiétude et explosion de joie. Cinq ans s'étaient écoulés sans que cette cité, aux côtes multiples, connaisse la joie d'un nouveau-né. Toutes les femmes étaient brusquement devenues stériles. Les devins les plus avertis n'avaient malheureusement pas pu déceler l'origine de cette punition, de cette souffrance. Ceux qui ont un goût de l'avenir et du devenir s'inquiétaient du cours de l'histoire. Certainement que l'histoire elle-même venait de changer son cours. Mais la contingence dans laquelle notre univers baigne est déterminante dans le repositionnement de l'équilibre universel. Les visages étaient à l'image des feuilles devenues ocres par la force des choses.

C'est ce qui se fit voir. Le soleil habituel avait fait place à un remaniement brusque de la voûte céleste qui, elle-même, avait soudainement revêtu une parure bleuâtre parsemée de points blancs, synonyme d'une bonne nouvelle. Mais Dame ATEDI ne considérait pas ces mots comme des encouragements. Ces mots attisaient plutôt sa rage de voir se réaliser son vœu. Elle avait confié discrètement à une amie à elle qu'elle ne laisserait pas venir au monde ce bébé. Trois jours s'étaient déjà écoulés et Dame ATEDI était toujours en travail. Tout le monde s'inquiétait, surtout son époux ; il ne savait plus malheureusement à quel saint se vouer. Elle refusait toujours de pousser. C'était un fait inaccoutumé. Tout le corps médical avait en vain prodigué des conseils. Les sages n'étaient pas restés en marge de cette actualité. Mais rien n'y fit.

On avait longtemps expliqué à dame ATEDI qu'elle courait le risque d'une mort certaine si elle s'obstinait à garder cet enfant dans son ventre.

Il est vrai que l'enfant se forme dans le ventre, y acquiert les premières nécessités vitales mais il est, après neuf mois, appelé à naître et à se confronter à d'autres réalités. Jusque-là, nul n'avait vu ni même entendu qu'une femme avait réagi ainsi. Certaines femmes mouraient en couche non par leur propre faute mais par pur phénomène naturel. Et dire qu'une femme avait pris la décision de ne pas accoucher volontairement se passait pour un fait incongru et même inacceptable. Non seulement, elle s'exposait à la mort elle-même, mais aussi elle ternissait la réputation des femmes.

Hélas ! Dame ATEDI se disait prête à mourir avec cet enfant en vue d'extirper du monde la mauvaise graine.

- S'il naît, soit il périra aussitôt par l'épée de ces sanguinaires, soit il sera lui aussi un sanguinaire comme ces amis du mal parsemés dans la cité. À quoi bon le laisser venir ! Il est mieux de donner ma vie pour que les hommes continuent de lutter contre le mal déjà existant. Peut-être, arriveront-ils assez rapidement à bout de ce monstre !

Tout homme qui a le sens de la compassion comprit la détresse et les meurtrissures de cette pauvre dame. En acceptant de mettre au monde des enfants, elle était simplement animée par le désir d'obéir aux recommandations du Très Haut. Mais le premier venu au monde s'était montré hostile à la vie des autres. Autrui était moins que rien à ses yeux. S'il était allé jusqu'à exterminer la vie des consanguins, plus rien ne pouvait l'arrêter dans la mise en œuvre de ses actes macabres. Les agissements auxquels assistait le monde étaient empreints de sadisme et d'incongruités notoires. Le septième jour venait d'ouvrir ses yeux et aucun signe d'espoir n'avait encore point à l'horizon. Tous les visages ondulaient le désespoir.

Quel motif valable et authentique pouvait-on imaginer pour convaincre cette femme à l'oreille dure ? Quels concepts pouvaient-ils être appropriés pour empêcher cette vivante de se détruire et de détruire un être innocent ? On fit finalement appel à un religieux. Il avait une arme redoutable, cette arme était capable de faire fléchir les esprits les plus rudes. Avec une douceur convenable, elle déchirait les cœurs sans les fendre, elle inoculait non un venin mais de la fraîcheur et une quiétude exemplaire. Son arme avait un nom et son nom était la Bible. Elle signifiait ensemble des livres sacrés dont le véritable auteur est l'Éternel. Avec elle, il réussit après sept heures de temps à convaincre Mme ATEDI de renoncer à la mort. Car, disait-il, embrasser la mort délibérément n'est pas un martyr mais un suicide.

De plus, l'espoir, mieux l'espérance, est une denrée rare et elle se loge au-delà des données sensibles et des calculs mathématiques. L'espérance n'est pas le fruit d'une facilité existentielle mais le résultat d'un dur labeur quotidien et permanent. En cela les sages disent vrai : la vie se nourrit d'espérance ; vivre c'est espérer toujours et à chaque fois.

Des devins avaient prédit cet instant fatidique. Un jour, avaient-ils annoncé, un innocent viendra dans le monde et par lui adviendra la réconciliation entre les hommes, la vraie réconciliation. Le fœtus à tout point de vue est sain et saint. Sa vie est inhérente à celle de sa mère. Par le cordon ombilical, il acquiert sa nutrition. Dans cette optique, tous les besoins de la mère sont ceux du fœtus ; ses tempéraments aussi. Le royaume du fœtus est rayonnant et beau.

L'homme de Dieu avait trouvé les mots justes à propos pour permettre à Dame ATEDI de laisser l'espoir s'extérioriser. Dans un langage persuasif, il avait signifié à Dame ATEDI d'abandonner les prétentions et les jugements sans valeur pour viser l'essentiel qui n'était que la venue au monde d'un innocent. Des cautions furent données à cette dernière quant à l'éducation de cet enfant. La société se décida à s'y impliquer. Ainsi s'amorçait l'ère nouvelle de l'éducation où personne ne se sentirait plus frustrée, humiliée, méprisée, où personne ne tiendrait plus le monopole de la domination, de l'hégémonie. Les arguments de l'homme de Dieu furent suffisamment solides pour la persuader. À peine accepta-t-elle d'accoucher qu'un problème nouveau se substitua au premier. L'enfant refusait à son tour de venir dans un monde gangrené par le mal, l'égoïsme, la méchanceté, la haine, la recherche effrénée de l'argent, l'intolérance. Il préférait son milieu initial et ne voulait en aucun cas s'en débarrasser. Devant cette urgence, les agents médicaux avaient envisagé une césarienne mais celle-ci ne pouvait être possible du fait d'une coupure d'électricité qui perdurait et le manque criard de sang pour la transfusion.

Cependant, sa venue provoquera une douleur terrible comme le monde n'en a jamais connu. L'heure était sans doute venue car personne sur terre n'avait encore assisté à un scénario pareil. On se lamentait, on grinçait des dents dans tous les recoins du village. Dame ATEDI était devenue pâle comme une papaye de saison sèche.

Se trouvant devant une équation à plusieurs inconnues, elle se mit à se culpabiliser. Comment pouvait-on maintenant convaincre un embryon de venir dans un monde dont on était persuadé qu'il était dans un état angoissant ? Dire à un innocent, un fébrile, un doux de s'introduire dans une sphère de lions affamés, n'était-ce pas l'inviter à une table faite de mets très épicés, voire empoisonnés ? Il fallait tout de même explorer cette piste périlleuse et c'est ce qui se fit. Il ressortit de cet entretien que la mère devait d'abord accepter de se réconcilier avec Fè son fils aîné, Fè n'était plus à présenter, il était l'incarnation du mal sur la terre et c'est à lui que sa mère devait accorder le pardon si elle voulût préserver sa vie et celle de l'innocent encore dans son sein. L'innocent lui-même était consentant que le pardon soit accordé à son frère aîné. Qui en ce monde pourrait refuser la vie ? Elle dit un oui salutaire. Au dernier grondement du tonnerre succéda un tonnerre d'applaudissement et un jaillissement de joie populaire dans la case d'ATEDI et partout dans le village.

- Il est né, notre lumière ! Il est là celui qui apporte la joie ! II sera, à coup sûr, notre unité ! Ô peuple wotodou, vaillant peuple, debout ! Le voici, ton libérateur.

- Ô Peuple paysan, sors des cases ! Sors des forêts ! Et viens te réjouir avec kaniè ! Ainsi fut annoncée par Aya la griotte, la naissance de cet enfant. Il fut nommé Agnakanîè.

ATEDI, le serviteur de DIEU comprit à l'instar des renommées bibliques que rien n'est impossible à Dieu.

La Porte de la vanité

C'était la dies domini, le jour du Seigneur. Une grande assemblée fut organisée par le chef après le culte des uns et des autres. Chefs de terre, chefs de villages et notables furent invités. Pour mieux relayer les messages dans les villages, les griots furent conviés eux aussi et surtout les serviteurs de Dieu. Cette assemblée avait pour objectif de prendre l'avis de chacun après toutes les tractations et les divisions multiples dont wotodou avait été l'objet. Traditionnellement, il fallait faire des rites pour congédier les mauvais sorts. Le chef insista pour que ce fût fait. Hélas ! Certains serviteurs n'y consentirent point. Ainsi, ils boudèrent la rencontre. Grâce à une diplomatie souterraine, ils revinrent malgré eux.

L'intérêt et l'égoïsme envahirent dangereusement le cœur des habitants de wotodou ; chacun prêchait pour sa propre chapelle et en voulait davantage. La parole de Dieu proclamée par les disciples de Jésus invitait sans complaisance les citoyens à la sobriété puisque ceux qui vivent loin de Dieu et s'adonnent au gain facile perdent toujours et s'enlisent dans les vices. En guise de confirmation, des versets bibliques suivirent la proclamation ; du milieu de la foule, un homme demanda à Jésus : *''Maître, dis à mon frère de partager avec moi notre héritage. Jésus lui répondit : '' qui m'a établi pour être votre juge ou pour faire vos partages ? Puis, s'adressant à la foule : ''gardez-vous bien, de toute âpreté au gain ; car la vie d'un homme, fût-il dans l'abondance, ne dépend pas de ses richesses. Et il leur dit cette parabole : il y avait un homme riche, dont les terres avaient beaucoup rapporté. Il se demandait : que vais-je faire ? Je ne sais pas où mettre ma récolte. Puis, il se dit : voici ce que je vais faire : je vais démolir mes greniers, j'en construirai de plus grands et j'y entasserai tout mon blé et tout ce que je possède. Alors je me dirai à moi-même : te voilà avec des réserves en abondance pour de nombreuses années. Repose-toi, mange, bois, jouis de l'existence. Mais Dieu lui dit : tu es fou : cette nuit même, on te redemande ta vie. Et ce que tu auras mis de côté, qui l'aura ? Voilà ce qui arrive à celui qui amasse pour lui-même, au lieu d'être riche en vue de Dieu. Luc 12,13-21*

Petitement, les citoyens entrèrent dans la compréhension de la recherche d'une paix véritable. Un concert de chants eut lieu pour rendre encore grâce à Dieu pour toutes les merveilles accomplies dans la vie des wotodouens. Ainsi, se tint une rencontre préalable. Mais certains chantres eurent peur d'y participer car ils avaient soutenu manu militari **Djagui**. Toutes leurs prestations antérieures, en effet, avaient incriminé le chef. Des vers de dénigrements, des vers de destruction avaient été servis sans se soucier de la vérité et de l'avenir. Pourtant, ils ne furent pas des nouveaux venus dans Wotodou. Volontairement et avec une conscience émoussée, ils s'étaient arrangés pour plaire à l'homme du moment et fuir ainsi leur credo. Il était rare d'entendre des mélodies contraires aux mélodies voulues. Dans les maquis, les restaurants et les boîtes de nuit, les mélodies étaient identiques et respectaient la cadence du temps. Personne n'avait eu le droit d'entonner des chants qui pouvaient contenir le nom du chef. Ceux qui avaient encore le courage de dire autre chose s'étaient réfugié hors de wotodou. Là-bas, ils faisaient entendre leurs voix. Et les partisans du chef, des passionnés, discrètement s'en approvisionnaient.

Ces artistes qui avaient dénigré le chef ne pouvaient plus se présenter devant les autres car ils avaient honte. Ils avaient failli à leur devoir de citoyens et maintenant, ils devaient y mettre le prix pour remonter à la surface. Mais le chef lui-même avait déjà prévenu chaque wotodouen de passer l'éponge pour la reconstruction du peuple. Il avait pleine conscience que beaucoup de dérapages avaient conduit certains citoyens à tourner le dos à la vérité et au sens du devoir pour se vêtir du mensonge et de la mauvaise foi. Chaque jour constituait, pour lui, un réel défi à relever s'il voulut que wotodou s'inscrivît sur la liste des cités engagées, stables et prospères. C'était sa bataille quotidienne.

Il commit un collaborateur spécial pour veiller à la bonne organisation du concert en faisant comprendre aux uns et aux autres la nécessité de l'union sacrée autour de la mère patrie.

-Pourquoi associer ceux qui ont volontairement dénigré le chef, s'insurgea dj DJOUFOU ?

-Que disent-ils maintenant ? Vont-ils jeter leur disque ou les brûler puisque leur idole n'est plus là ? S'interrogea un autre chantre.

Le calme plana sur l'assemblée et chacun se demandait ce que pensait l'autre. Aussitôt, Dj DURO prit la parole et dit :

- Effectivement, ils doivent jeter leur disque ou les supprimer sinon, ils se cacheront aussi comme nous étions cachés. C'est la loi de la nature. C'est l'année de notre année ! Ils ne participeront point à ce concert.

-Nous n'allons pas quand même aller contre la volonté du chef s'indigna dj Dabali! Nous l'aimons alors essayons d'aplanir les positions. D'ailleurs, nous luttons en réalité pour la même cause : faire triompher la vérité et la vérité pour nous est la stabilité, le bonheur des citoyens de wotodou. Tout dirigeant veut incliner les leaders de son côté et c'est ce que Djagui a fait ; malheureusement nos confrères l'ont suivi ; c'est une déviation. Ils peuvent revenir s'ils le souhaitent.

Le conseiller spirituel du chef, ATEDI en écoutant Dj Dabali, fut ému et il coula des larmes de joie. Il convainquit les chantres à signer un protocole sur l'honneur. Car, il s'était dit que sans une plateforme de prise de conscience autour du respect de la patrie, on irait de mal en pis. Jamais, les citoyens n'auraient la paix et la joie. Il décida de mettre un terme à la tergiversation à travers une stratégie souple et efficace et son tempérament l'y aida. De plus, dans un songe, son grand père qui mourut, torturé à cause de son amour pour ses enfants vint le convaincre du bien-fondé de sa démarche ; il lui donna un témoignage profond de sens et plein d'espoir.

Décision ultime

Ce jour-là, le ciel changea de couleur et le bleu habituel devint sombre ; les étoiles disparurent immédiatement puis le tonnerre gronda. Précipitamment, les enfants jouant aux billes aux croisés des chemins, prirent peur et se réfugièrent sous les hangars non loin du marché principal. Quant aux adultes, ne pouvant pas courir, ils assumaient le cours du temps en marchant délicatement, canne en main, pour aller vers leurs domiciles. Il y eut un violent coup de vent qui emporta certaines toitures mal ficelées. La poussière se leva comme les plumes d'un coq accidenté. Les uns et les autres attendaient comment la pluie allait tomber à wotodou. Les oiseaux, eux aussi, se rangèrent dans leurs différents nids, apeurés du fait de la violence du vent. On vit même certains habitants se mettre à prier. S'agissait-il de la fin du monde ? Ainsi, murmurait-il un retardataire venu des champs et tenant en main cinq litres de vin de palme. Il fredonnait un petit cantique qui justement exaltait les bienfaits de la pluie.

-La pluie, disait-il, est la bénédiction qui vient d'en haut. Pourquoi avoir peur de la pluie ? Pourquoi se cacher quand elle s'annonce ?

Wotodou reçut une quantité impressionnante d'eau telle la quantité d'un fleuve. Beaucoup d'habitants perdirent leurs biens matériels dans les inondations et il y eut même de perte en vies humaines.

Au lendemain de la tragédie, quand certains wotodouens, les plus courageux, arrivèrent au champ, ils constatèrent le lot de désordre qu'avait causée la pluie. Tous les bananiers sur lesquels les citoyens comptaient pour pallier le déficit de nourriture, étaient couchés et allongés tels des cadavres exposés avant l'heure fatidique de l'absoute et de l'oraison funèbre.

Les hommes de Dieu aimaient bien cet instant, avait-on l'habitude d'entendre. Ils faisaient pleurer davantage les membres des familles en deuil. Ils relevaient avec éloquence, l'importance de l'homme, ami de Dieu. Un refrain retenait, très souvent, l'attention des fidèles. Quand l'homme de Dieu s'approcha du défunt entouré des enfants de chœur qui portant un encensoir, puis un goupillon et de l'eau, il entonnait chaque fois ce chant : « sur le seuil de sa maison, notre maître t'attend et les bras de Dieu s'ouvriront pour toi », alors suivaient les prières d'au revoir. L'oraison funèbre revint à un membre de la famille qui, pour détendre l'atmosphère morose, partagea une oraison funèbre prononcée jadis par Djota quelques années auparavant ; cette oraison avait fait le tour de Wotodou par son style et même son contenu.

- "Mon ami Prospère, je triste vraiment jusqu'àààà, je vais pleurer. Toi qui travaillé à Otikou et tu longueur. Tu travaillé aussi à Liboua et tu longueur. Voilà toi couché aujourd'hui comme un porc. Dieu te prenne en pitié."

Il voulut dire en d'autres termes : "mon ami Prospère, je suis vraiment triste et cela me fait pleurer ; tu as travaillé à Otibou et tu y as duré ; tu as travaillé aussi à Liboua et tu y as duré également ; te voilà aujourd'hui couché comme un porc".

Au-delà de la douleur exprimée par les citoyens, se profilait le sens de la vie. Comme une fleur qui se fane ou comme une étoile qui s'éteint, l'homme n'est qu'un passager ambulant de la terre. Sa raison de vivre réside dans l'expression de son amour pour son prochain. Les difficultés font partie du quotidien des hommes et les surmonter est une qualité, une force que chaque homme a dans son être intérieur.

Ainsi, les citoyens se remirent tous au travail sans distinction d'ethnie et de rang social pour rebâtir la cité. Ainsi, se concrétisa en filigrane l'engagement du chef, lui qui avait été incompris, vilipendé et humilié. Les citoyens comprirent le bien-fondé de l'entente, de l'unité. Ils eurent, cependant, le nez creux pour asseoir une vie communautaire solide à travers la charte de la bonne foi déclinée en sept points :

- Tous les citoyens, qu'ils soient riches ou pauvres, de l'ethnie Gnan ou Digna, sont égaux en dignité devant la loi wotodouenne.

- La mauvaise foi est bannie de la cité wotodouenne et la place est faite à la bonne foi.

- Tout citoyen qui fera montre d'une mauvaise foi, sera banni de la cité, lui et toute sa famille.

- Le travail bien fait est désormais le socle de la cité et tout citoyen devra rechercher l'excellence dans toutes ses relations avec les autres.

- Les étrangers qui ne respecteront pas la loi wotodouenne seront bannis eux aussi de la cité sans préavis.

- La cité wotodouenne est indépendante à tous les niveaux et ne recevra d'aucune autre cité des ordres. Tout ce qui y est fait, le sera pour le bonheur des wotodouens.

Néanmoins, notre cité entretiendra des relations ouvertes de libre-échange intelligent avec les autres cités dans le but de consolider les acquis de l'humanité en matière économique, sociale, morale, diplomatique...

- À wotodou, la paix, la solidarité, la justice, la bonne foi et l'amour du prochain seront les vertus à prôner.

Tous les habitants furent unanimes sur ces clauses fondées sur du réalisme. N'est-ce pas l'espoir qui fait vivre ? Les citoyens incrustèrent dans leur cœur l'idée de privilégier à chaque instant le bien commun. Paradoxalement, après la validation de cette charte, il y eut un grondement du tonnerre dans tout wotodou.

Table des matières

www.ingramcontent.com/pod-product-compliance
Lightning Source LLC
La Vergne TN
LVHW040942150826
845672LV00002B/502

* 9 7 8 2 4 9 2 1 6 2 0 3 9 *